COLLECTION FOLIO

Montaigne

De la vanité

Texte établi et annoté
par Pierre Michel

Gallimard

Avertissement

Les notes appelées par une lettre sont des notes de vocabulaire.

Les notes appelées par un astérisque donnent la référence et la traduction des citations grecques ou latines.

Les notes appelées par un chiffre sont des notes explicatives.

Ce texte est extrait du livre III des *Essais* (Folio n° 291).

Michel Eyquem de Montaigne naquit en 1533 à Montaigne, comme son père, Pierre Eyquem de Montaigne. Il fut éduqué en latin et garda toute sa vie l'amour des lettres, étudiant la poésie, l'histoire, les récits de voyages... Conseiller au parlement de Bordeaux de 1557 à 1570, Montaigne y rencontra Étienne de La Boétie qui fut son ami jusqu'à la mort de celui-ci en 1763 à l'âge de trente-trois ans. Il épousa en 1565 Françoise de la Chassagne, avec qui il eut six enfants, dont seule Léonor survécut. Décoré par le roi Henri III en 1571 de l'ordre de Saint-Michel et nommé gentilhomme ordinaire de la Chambre du Roi, il fut également honoré par Henri de Bourbon, roi de Navarre et futur Henri IV, en 1577, du titre de gentilhomme de sa Chambre. Il fut élu maire de Bordeaux en 1580-1581. Vers la fin de sa vie, il se tint en retrait, spectateur de la vie publique. Ayant écrit depuis 1572, Montaigne avait publié les deux premiers livres des *Essais* à partir de 1580, puis y avait ajouté un troisième livre et des modifications en 1588. Il y travaillait encore en 1592, l'œuvre d'une vie, par ailleurs déjà bien remplie. Souffrant (mais avec une âme ferme) d'une maladie de la vessie depuis 1578 et de la goutte depuis 1588, Montaigne mourut à Montaigne le 13 septembre 1592, à presque soixante ans ; son cœur fut mis en l'église Saint-Michel et son corps enterré à l'église des Feuillants à Bordeaux. Son œuvre lui survécut.

Les Essais de Montaigne sont un livre clé de la découverte des valeurs et des spécificités individuelles dans la civilisation occidentale : une des premières grandes mises en scène du moi et le témoignage, sans cesse relu et inspirateur, d'un auteur hors norme et pourtant bien en prise sur les changements et les conflits de son temps.

Découvrez, lisez ou relisez les livres de Montaigne :

LES ESSAIS

Livre premier (Folio n° 289)
Livre second (Folio n° 290)
Livre troisième (Folio n° 291)

JOURNAL DE VOYAGE (Folio n° 1473)

Il n'en est à l'aventure[a] aucune plus expresse que d'en écrire si vainement. Ce que la divinité nous en a si divinement exprimé[1] devrait être soigneusement et continuellement médité par les gens d'entendement.

Qui ne voit que j'ai pris une route par laquelle, sans cesse et sans travail, j'irai autant qu'il y aura d'encre et de papier au monde ? Je ne puis tenir registre de ma vie par mes actions : fortune les met trop bas ; je le tiens par mes fantaisies. Si[b] ai-je vu un gentilhomme qui ne communiquait sa vie que par les opérations de son ventre ; vous voyez chez lui, en montre, un ordre de bassins de sept ou huit jours ; c'était son étude, ses discours ; tout autre propos lui puait. Ce sont ici, un peu civilement, des excréments d'un vieil

a. Peut-être. — *b.* Ainsi.

1. Rappel de la sentence de l'*Ecclésiaste*, I, 2 : *« Vanitas vanitatum et omnia vanitas. »*

esprit, dur tantôt, tantôt lâche, et toujours indigeste. Et quand serai-je à bout de représenter une continuelle agitation et mutation de mes pensées, en quelque matière qu'elles tombent, puisque Diomède remplit six mille livres du seul sujet de la grammaire ? Que doit produire le babil, puisque le bégaiement et dénouement de la langue étouffa le monde d'une si horrible charge de volumes ? Tant de paroles pour les paroles seules ! Ô Pythagore, que n'éconjuras-tu[a] cette tempête !

On accusait un Galba du temps passé de ce qu'il vivait oiseusement[b] ; il répondit que chacun devait rendre raison de ses actions, non pas de son séjour. Il se trompait : car la justice a connaissance et animadversion[c] aussi pour ceux qui chôment.

Mais il y devrait avoir quelque coercition des lois contre les écrivains ineptes et inutiles, comme il y a contre les vagabonds et fainéants. On bannirait des mains de notre peuple et moi et cent autres. Ce n'est pas moquerie. L'écrivaillerie semble être quelque symptôme d'un siècle débordé. Quand écrivîmes-nous tant que depuis que nous sommes en trouble ? Quand les Romains tant, que lors de leur ruine ? Outre ce, que l'affinement des esprits, ce n'en est pas l'assagissement en une

a. Conjuras. — *b.* Dans l'oisiveté. — *c.* Réprimande.

police, cet embesognement oisif naît de ce que chacun se prend lâchement à l'office de sa vacation[a] et s'en débauche. La corruption du siècle se fait par la contribution particulière de chacun de nous : les uns y confèrent la trahison, les autres l'injustice, l'irréligion, la tyrannie, l'avarice, la cruauté, selon qu'ils sont plus puissants ; les plus faibles y apportent la sottise, la vanité, l'oisiveté, desquels je suis. Il semble que ce soit la saison des choses vaines quand les dommageables nous pressent. En un temps où le méchamment faire est si commun, de ne faire qu'inutilement il est comme louable. Je me console que je serai des derniers sur qui il faudra mettre la main. Cependant qu'on pourvoira aux plus pressants, j'aurai loi de m'amender. Car il me semble que ce serait contre raison de poursuivre les menus inconvénients, quand les grands nous infestent. Et le médecin Philotimus, à un qui lui présentait le doigt à panser, à qui il reconnaissait au visage et à l'haleine un ulcère aux poumons : « Mon ami, fit-il, ce n'est pas à cette heure le temps de t'amuser à tes ongles. »

Je vis pourtant sur ce propos, il y a quelques années, qu'un personnage duquel j'ai la mémoire en recommandation singulière, au milieu de nos grands maux, qu'il n'y avait

a. Fonction.

ni loi, ni justice, ni magistrat qui fît son office non plus qu'à cette heure, alla publier je ne sais quelles chétives réformations sur les habillements, la cuisine et la chicane. Ce sont amusoires de quoi on paît un peuple malmené, pour dire qu'on ne l'a pas du tout[a] mis en oubli. Ces autres font de même, qui s'arrêtent à défendre à toute instance des formes de parler, les danses et les jeux, à un peuple perdu de toute sorte de vices exécrables. Il n'est pas temps de se laver et décrasser, quand on est atteint d'une bonne fièvre. C'est à faire aux seuls Spartiates de se mettre à se peigner et testonner[b] sur le point qu'ils se vont jeter à quelque extrême hasard de leur vie.

Quant à moi, j'ai cette autre pire coutume, que si j'ai un escarpin de travers, je laisse encore de travers et ma chemise et ma cape : je dédaigne de m'amender à demi. Quand je suis en mauvais état, je m'acharne au mal ; je m'abandonne par désespoir et me laisse aller vers la chute et jette, comme on dit, le manche après la cognée ; je m'obstine à l'empirement et ne m'estime plus digne de mon soin : ou tout bien, ou tout mal.

Ce m'est faveur que la désolation de cet État se rencontre à la désolation de mon âge : je souffre plus volontiers que mes maux en

a. Complètement. — *b.* Arranger leurs cheveux.

soient rechargés, que si mes biens en eussent été troublés. Les paroles que j'exprime au malheur sont paroles de dépit ; mon courage se hérisse au lieu de s'aplatir. Et au rebours des autres, je me trouve plus dévot en la bonne qu'en la mauvaise fortune, suivant le précepte de Xénophon, sinon suivant sa raison ; et fais plus volontiers les doux yeux au ciel pour le remercier que pour le requérir. J'ai plus de soin d'augmenter la santé quand elle me rit, que je n'ai de la remettre quand je l'ai écartée. Les prospérités me servent de discipline et d'instruction, comme aux autres les adversités et les verges. Comme si la bonne fortune était incompatible avec la bonne conscience, les hommes ne se rendent gens de bien qu'en la mauvaise. Le bonheur m'est un singulier aiguillon à la modération et modestie. La prière me gagne, la menace me rebute ; la faveur me ploie, la crainte me roidit.

Parmi les conditions humaines, celle-ci est assez commune : de nous plaire plus des choses étrangères que des nôtres et d'aimer le remuement et le changement.

Ipsa dies ideo nos grato perluit haustu
*Quod permutatis hora recurrit equis**.

* Pétrone : « Le jour lui-même ne nous plaît que parce que l'heure change de chevaux dans sa course. »

J'en tiens ma part. Ceux qui suivent l'autre extrémité, de s'agréer en eux-mêmes, d'estimer ce qu'ils tiennent au-dessus du reste et de ne reconnaître aucune forme plus belle que celle qu'ils voient, s'ils ne sont plus avisés que nous, ils sont à la vérité plus heureux. Je n'envie point leur sagesse, mais oui leur bonne fortune.

Cette humeur avide des choses nouvelles et inconnues aide bien à nourrir en moi le désir de voyager, mais assez d'autres circonstances y confèrent. Je me détourne volontiers du gouvernement de ma maison. Il y a quelque commodité à commander, fût-ce dans une grange, et à être obéi des siens, mais c'est un plaisir trop uniforme et languissant. Et puis, il est par nécessité mêlé de plusieurs pensements fâcheux : tantôt l'indigence et oppression de votre peuple, tantôt la querelle d'entre vos voisins, tantôt l'usurpation qu'ils font sur vous, vous affligent ;

Aut verberatæ grandine vineæ,
Fundusque mendax, arbore nunc aquas
Culpante, nunc torrentia agros
*Sidera, nunc hyemes iniquas** ;

* Horace, *Ode* I du livre III : « Ou bien ce sont les vignes frappées par la grêle, ou la terre ne tient pas ses promesses, ou les arbres qui se plaignent de l'excès d'eau, ou de la sécheresse qui brûle la plaine, ou des rigueurs de l'hiver. »

et qu'à peine en six mois envoiera Dieu une saison de quoi votre receveur[1] se contente bien à plein, et que, si elle sert aux vignes, elle ne nuise aux prés :

Aut nimiis torret fervoribus ætherius sol,
Aut subiti perimunt imbres, gelidæque pruinæ,
*Flabráque ventorum violento turbine vexant**.

Joint le soulier neuf et bien formé de cet homme du temps passé, qui vous blesse le pied ; et que l'étranger n'entend pas combien il vous coûte et combien vous prêtez à maintenir l'apparence de cet ordre qu'on voit en votre famille, et qu'à l'aventure l'achetez-vous trop cher.

Je me suis pris tard au ménage. Ceux que nature avait fait naître avant moi m'en ont déchargé longtemps. J'avais déjà pris un autre pli, plus selon ma complexion. Toutefois, de ce que j'en ai vu, c'est une occupation plus empêchante que difficile ; quiconque est capable d'autre chose le sera bien aisément de celle-là. Si je cherchais à m'enrichir, cette voie me semblerait trop longue ; j'eusse servi les

* Lucrèce, chant V : « Ou bien le soleil qui roule dans l'éther les brûle par une chaleur excessive, ou bien des pluies soudaines les détruisent, ou bien les gelées blanches et les vents par leurs impétueux tourbillons les gâtent. »

1. Le régisseur du domaine.

rois, trafic plus fertile que tout autre. Puisque je ne prétends acquérir que la réputation de n'avoir rien acquis, non plus que dissipé, conformément au reste de ma vie, impropre à faire bien et à faire mal, et que je ne cherche qu'à passer, je le puis faire, Dieu merci, sans grande attention.

Au pis aller, courez toujours par retranchement de dépense devant la pauvreté. C'est à quoi je m'attends, et de me réformer avant qu'elle m'y force. J'ai établi au demeurant en mon âme assez de degrés à me passer de moins que ce que j'ai ; je dis passer avec contentement. « *Non æstimatione census, verùm victu atque cultu, terminatur pecuniæ modus**. » Mon vrai besoin n'occupe pas si justement tout mon avoir que, sans venir au vif, fortune n'ait où mordre sur moi.

Ma présence, toute ignorante et dédaigneuse qu'elle est, prête grande épaule à mes affaires domestiques ; je m'y emploie, mais dépiteusement. Joint que j'ai cela chez moi que, pour brûler à part la chandelle par mon bout, l'autre bout ne s'épargne de rien.

Les voyages ne me blessent que par la défense, qui est grande et outre mes forces ;

* Cicéron, *Paradoxes*, livre VI, chap. III : « La mesure de la fortune n'est pas déterminée par l'estimation du revenu, mais par le train de maison. »

ayant accoutumé d'y être avec équipage non nécessaire seulement, mais encore honnête, il me les en faut faire d'autant plus courts et moins fréquents, et n'y emploie que l'écume et ma réserve, temporisant et différant selon qu'elle vient. Je ne veux pas que le plaisir du promener corrompe le plaisir du repos ; au rebours, j'entends qu'ils se nourrissent et favorisent l'un l'autre. La Fortune m'a aidé en ceci que, puisque ma principale profession en cette vie était de la vivre mollement et plutôt lâchement[a] qu'affaireusement, elle m'a ôté le besoin de multiplier en richesses pour pourvoir à la multitude de mes héritiers. Pour un, s'il n'a assez de ce de quoi j'ai eu si plantureusement assez, à son dam ! Son imprudence ne mérite pas que je lui en désire davantage. Et chacun, selon l'exemple de Phocion pourvoit suffisamment à ses enfants, qui leur pourvoit en tant qu'ils ne lui sont dissemblables. Nullement serais-je d'avis du fait de Cratès. Il laissa son argent chez un banquier avec cette condition : si ses enfants étaient des sots, qu'il le leur donnât ; s'ils étaient habiles, qu'il le distribuât aux plus simples du peuple. Comme si les sots, pour être moins capables de s'en passer, étaient plus capables d'user des richesses.

a. Sans efforts.

Tant y a que le dommage qui vient de mon absence ne me semble point mériter, pendant que j'aurai de quoi le porter, que je refuse d'accepter les occasions qui se présentent de me distraire de cette assistance pénible. Il y a toujours quelque pièce qui va de travers. Les négoces[a], tantôt d'une maison, tantôt d'une autre, vous tirassent. Vous éclairez toutes choses de trop près ; votre perspicacité vous nuit ici, comme si fait-elle assez ailleurs. Je me dérobe aux occasions de me fâcher et me détourne de la connaissance des choses qui vont mal ; et si, ne puis tant faire, qu'à toute heure je ne heurte chez moi en quelque rencontre qui me déplaise. Et les friponneries qu'on me cache le plus sont celles que je sais le mieux. Il en est que, pour faire moins mal, il faut aider soi-même à cacher. Vaines pointures[b], vaines parfois, mais toujours pointures. Les plus menus et grêles empêchements sont les plus perçants. Et comme les petites lettres offensent et lassent plus les yeux, aussi nous piquent plus les petites affaires. La tourbe des menus maux offense plus que violence d'un, pour grand qu'il soit. À mesure que ces épines domestiques sont drues et déliées, elles nous mordent plus aigu et sans menace, nous surprenant facilement à l'imprévu.

a. Affaires. — *b.* Piqûres.

Je ne suis pas philosophe ; les maux me foulent selon qu'ils pèsent ; et pèsent selon la forme comme selon la matière, et souvent plus. J'en ai plus de connaissance que le vulgaire, si j'ai plus de patience. Enfin, s'ils ne me blessent, ils m'offensent. C'est chose tendre que la vie et aisée à troubler. Depuis que j'ai le visage tourné vers le chagrin « *nemo enim resistit sibi cum cœperit impelli** », pour sotte cause qui m'y ait porté j'irrite l'humeur de ce côté-là, qui se nourrit après et s'exaspère de son propre branle ; attirant et amoncelant une matière sur une autre, de quoi se paître.

*Stillicidi casus lapidem cavat***.

Ces ordinaires gouttières me mangent. Les inconvénients ordinaires ne sont jamais légers. Ils sont continuels et irréparables, nommément quand ils naissent des membres du ménage, continuels et inséparables.

Quand je considère mes affaires de loin et en gros, je trouve, soit pour n'en avoir la mémoire guère exacte, qu'elles sont allées jusques à cette heure en prospérant outre mes comptes et mes raisons. J'en retire, ce me semble,

* Sénèque, *Lettre 13* : « Personne ne résiste, s'il a cédé à la première impulsion. »

** Lucrèce, chant I : « L'eau qui tombe goutte à goutte perce le roc. »

plus qu'il n'y en a ; leur bonheur me trahit. Mais suis-je au dedans de la besogne, vois-je marcher toutes ces parcelles,

*Tum veró in curas animum diducimur omnes**,

mille choses m'y donnent à désirer et craindre. De les abandonner du tout il m'est très facile ; de m'y prendre sans m'en peiner, très difficile. C'est pitié d'être en lieu où tout ce que vous voyez vous embesogne et vous concerne. Et me semble jouir plus gaiement les plaisirs d'une maison étrangère, et y apporter le goût plus naïf. Diogène répondit selon moi, à celui qui lui demanda quelle sorte de vin il trouvait le meilleur : « L'étranger », fit-il.

Mon père aimait à bâtir Montaigne, où il était né ; et en toute cette police d'affaires domestiques, j'aime à me servir de son exemple et de ses règles, et y attacherai mes successeurs autant que je pourrai. Si je pouvais mieux pour lui, je le ferais. Je me glorifie que sa volonté s'exerce encore et agisse par moi. Jà, à Dieu ne plaise que je laisse faillir entre mes mains aucune image de vie que je puisse rendre à un si bon père ! Ce que je me suis mêlé d'achever quelque vieux pan de mur et

* Virgile, *Énéide*, chant V : « Alors notre âme se partage entre toutes sortes de soucis. »

de ranger quelque pièce de bâtiment mal dolé[a], ç'a été certes plus regardant à son intention qu'à mon contentement. Et accuse ma fainéance de n'avoir passé outre à parfaire les beaux commencements qu'il a laissés en sa maison ; d'autant plus que je suis en grands termes d'en être le dernier possesseur de ma race et d'y porter la dernière main. Car quant à mon application particulière, ni ce plaisir de bâtir qu'on dit être si attrayant, ni la chasse, ni les jardins, ni ces autres plaisirs de la vie retirée, ne me peuvent beaucoup amuser. C'est chose de quoi je me veux mal, comme de toutes autres opinions qui me sont incommodes. Je ne me soucie pas tant de les avoir vigoureuses et doctes, comme je me soucie de les avoir aisées et commodes à la vie ; elles sont assez vraies et saines, si elles sont utiles et agréables.

Ceux qui, en m'oyant dire mon insuffisance aux occupations du ménage, vont me soufflant aux oreilles que c'est dédain, et que je laisse de savoir les instruments du labourage, ses saisons, son ordre, comment on fait mes vins, comme on ente[b], et de savoir le nom et la forme des herbes et des fruits et l'apprêt des viandes de quoi je vis, le nom et le prix des étoffes de quoi je m'habille, pour avoir à cœur

a. Mal arrangé [raboté ; cf. *Doloire*]. — *b.* Greffe.

quelque plus haute science, ils me font mourir. Cela c'est sottise et plutôt bêtise que gloire. Je m'aimerais mieux bon écuyer que bon logicien :

Quin tu aliquid saltem potius quorum indiget usus,
*Viminibus molli-que paras detexere junco** ?

Nous empêchons[a] nos pensées du général et des causes et conduites universelles, qui se conduisent très bien sans nous, et laissons en arrière notre fait et Michel, qui nous touche encore de plus près que l'homme. Or j'arrête bien chez moi le plus ordinairement, mais je voudrais m'y plaire plus qu'ailleurs.

Sit meœ sedes utinam senectœ,
Sit modus lasso maris, et viarum,
*Militiœque***.

Je ne sais si j'en viendrai à bout. Je voudrais qu'au lieu de quelque autre pièce de sa succession, mon père m'eût résigné cette passionnée amour qu'en ses vieux ans il portait à son

a. Gênons.

* Virgile, *Bucolique II* : « Pourquoi ne t'adonnes-tu pas à une occupation utile, à tresser des corbeilles avec de l'osier ou des joncs flexibles ? »

** Horace, *Ode 6* du livre II : « Plût aux dieux que ce soit le séjour de ma vieillesse, que ce soit le terme des fatigues endurées sur mer, sur terre et dans les campagnes militaires. »

ménage. Il était bien heureux de ramener ses désirs à sa fortune, et de se savoir plaire de ce qu'il avait. La philosophie politique aura bel accuser la bassesse et stérilité de mon occupation, si j'en puis une fois prendre le goût comme lui. Je suis de cet avis, que la plus honorable vacation est de servir au public et être utile à beaucoup. « *Fructus enim ingenii et virtutis omnisque præstantiæ tum maximus accipitur, cum in proximum quemque confertur*[*]. » Pour mon regard, je m'en dépars[a] : partie par conscience (car par où je vois le poids qui touche telles vacations, je vois aussi le peu de moyen que j'ai d'y fournir, et Platon, maître ouvrier en tout gouvernement politique, ne laissa de s'en abstenir), partie par poltronnerie. Je me contente de jouir le monde sans m'en empresser, de vivre une vie seulement excusable, et qui seulement ne pèse ni à moi, ni à autrui.

Jamais homme ne se laissa aller plus pleinement et plus lâchement au soin et gouvernement d'un tiers que je ferais, si j'avais à qui. L'un de mes souhaits pour cette heure, ce serait de trouver un gendre qui sût appâter commodément mes vieux ans et les endormir,

a. Éloigne.

* Cicéron, *De l'Amitié*, chap. XIX : « Nous ne jouissons jamais mieux des fruits du génie, de la vertu et de toute supériorité qu'en les partageant avec nos plus proches amis. »

entre les mains de qui je déposasse en toute souveraineté la conduite et usage de mes biens, qu'il en fît ce que j'en fais et gagnât sur moi ce que j'y gagne, pourvu qu'il y apportât un courage vraiment reconnaissant et ami. Mais quoi ? nous vivons en un monde où la loyauté des propres enfants est inconnue.

Qui a la garde de ma bourse en voyage, il l'a pure et sans contrôle ; aussi bien me tromperait-il en comptant ; et, si ce n'est un diable, je l'oblige à bien faire par une si abandonnée confiance. « *Multi fallere docuerunt, dum timent falli, et aliis jus peccandi suspicando fecerunt*[*]. » La plus commune sûreté que je prends de mes gens, c'est la méconnaissance. Je ne présume les vices qu'après les avoir vus, et m'en fie plus aux jeunes, que j'estime moins gâtés par mauvais exemple. J'ois plus volontiers dire, au bout de deux mois, que j'ai dépandu[a] quatre cents écus que d'avoir les oreilles battues tous les soirs de trois, cinq, sept. Si ai-je été dérobé aussi peu qu'un autre de cette sorte de larcin. Il est vrai que je prête la main à l'ignorance ; je nourris à escient aucunement trouble et incertaine la science de mon argent ; jusques à certaine

a. Dépensé.

* Sénèque, *Lettre 3* : « Nombreux sont ceux qui ont appris à tromper par leur crainte de l'être et par leurs soupçons ont autorisé à commettre des fautes. »

mesure, je suis content d'en pouvoir douter. Il faut laisser un peu de place à la déloyauté ou imprudence de votre valet. S'il nous en reste en gros de quoi faire notre effet, cet excès de la libéralité de la fortune, laissons-le un peu plus courir à sa merci ; la portion du glaneur. Après tout, je ne prise pas tant la foi[a] de mes gens comme je méprise leur injure[b]. Ô la vilaine et sotte étude d'étudier son argent, se plaire à le manier, peser et recompter ! C'est par là que l'avarice fait ses approches.

Depuis dix-huit ans que je gouverne des biens, je n'ai su gagner sur moi de voir ni titres, ni mes principales affaires, qui ont nécessairement à passer par ma science et par mon soin. Ce n'est pas un mépris philosophique des choses transitoires et mondaines ; je n'ai pas le goût si épuré, et les prise pour le moins ce qu'elles valent ; mais certes, c'est paresse et négligence inexcusables et puériles. Que ne ferais-je plutôt que de lire un contrat, et plutôt que d'aller secouant ces paperasses poudreuses, serf de mes négoces[c] ? ou encore pis de ceux d'autrui, comme font tant de gens, à prix d'argent ? Je n'ai rien cher que le souci et la peine, et ne cherche qu'à m'anonchalir et avachir.

J'étais, ce crois-je, plus propre à vivre de la

a. Fidélité. — *b.* Le tort qu'ils font. — c. Affaires.

fortune d'autrui, s'il se pouvait sans obligation et sans servitude. Et si ne sais, à l'examiner de près, si, selon mon humeur et mon sort, ce que j'ai à souffrir des affaires et des serviteurs et des domestiques n'a point plus d'abjection, d'importunité et d'aigreur que n'aurait la suite d'un homme, né plus grand que moi, qui me guidât un peu à mon aise. « *Servitus obedientia est fracti animi et abjecti, arbitrio carentis suo*. » Cratès fit pis, qui se jeta en la franchise de la pauvreté pour se défaire des indignités et cures[a] de la maison. Cela ne ferais-je pas (je hais la pauvreté à pair de la douleur), mais oui bien changer cette sorte de vie à une autre moins brave et moins affaireuse.

Absent, je me dépouille de tous tels pensements ; et sentirais moins lors la ruine d'une tour que je ne fais présent la chute d'une ardoise. Mon âme se démêle bien aisément à part, mais en présence elle souffre comme celle d'un vigneron. Une rêne de travers à mon cheval, un bout d'étrivière qui batte ma jambe, me tiendront tout un jour en humeur. J'élève assez mon courage à l'encontre des inconvénients, les yeux je ne puis.

a. Soucis.

* Cicéron, *Paradoxes*, livre V, chap. I : « L'esclavage est la sujétion d'un esprit lâche et bas, n'ayant pas de volonté personnelle. »

Sensus, ô superi, sensus[*].

Je suis, chez moi, répondant de tout ce qui va mal. Peu de maîtres, je parle de ceux de moyenne condition comme est la mienne, et, s'il en est, ils sont plus heureux, se peuvent tant reposer sur un second qu'il ne leur reste bonne part de la charge. Cela ôte volontiers quelque chose de ma façon au traitement des survenants (et en ai pu arrêter quelqu'un par aventure, plus par ma cuisine que par ma grâce, comme font les fâcheux), et ôte beaucoup du plaisir que je devrais prendre chez moi de la visitation et assemblée de mes amis. La plus sotte contenance d'un gentilhomme en sa maison, c'est de le voir empêché du train de sa police, parler à l'oreille d'un valet, en menacer un autre des yeux : elle doit couler insensiblement et représenter un cours ordinaire. Et trouve laid qu'on entretienne ses hôtes du traitement qu'on leur fait, autant à l'excuser qu'à le vanter. J'aime l'ordre et la netteté,

et cantharus et lanx
Ostendunt mihi me[**],

* Citation d'auteur inconnu : « Les sens ! ô dieux ! les sens ! »

** Horace, *Épître* 5 du livre I : « Les plats et les verres me renvoient ma propre image. » Montaigne a légèrement modifié le texte d'Horace : *Ostendat tibi te.*

au prix de l'abondance ; et regarde chez moi exactement à la nécessité, peu à la parade. Si un valet se bat chez autrui, si un plat se verse, vous n'en faites que rire ; vous dormez, cependant que monsieur range avec son maître d'hôtel son fait pour votre traitement du lendemain.

J'en parle selon moi, ne laissant pas en général d'estimer combien c'est un doux amusement à certaines natures qu'un ménage paisible, prospère, conduit par un ordre réglé, et ne voulant attacher à la chose mes propres erreurs et inconvénients, ni dédire Platon, qui estime la plus heureuse occupation à chacun faire ses propres affaires sans injustice.

Quand je voyage, je n'ai à penser qu'à moi et à l'emploi de mon argent : cela se dispose d'un seul précepte. Il est requis trop de parties à amasser : je n'y entends rien. À dépendre[a], je m'y entends un peu, et à donner jour à ma dépense, qui est de vrai son principal usage. Mais je m'y attends trop ambitieusement, qui la rend inégale et difforme, et en outre immodérée en l'un et l'autre visage. Si elle paraît, si elle sert, je m'y laisse indiscrètement aller, et me resserre autant indiscrètement si elle ne luit et si elle ne me rit.

Qui que ce soit, ou art ou nature, qui nous

a. Dépenser.

imprime cette condition de vivre par la relation à autrui, nous fait beaucoup plus de mal que de bien. Nous nous défraudons[a] de nos propres utilités pour former les apparences à l'opinion commune. Il ne nous chaut pas tant quel soit notre être en nous et en effet, comme quel il soit en la connaissance publique. Les biens mêmes de l'esprit et la sagesse nous semble sans fruit, si elle n'est jouie que de nous, si elle ne se produit à la vue et approbation étrangère. Il y en a de qui l'or coule à gros bouillons par des lieux souterrains, imperceptiblement, d'autres l'étendent tout en lames et en feuille ; si qu'aux uns les liards valent écus, aux autres le rebours, le monde estimant l'emploi et la valeur selon la montre. Tout soin curieux autour des richesses sent son avarice, leur dispensation même, et la libéralité trop ordonnée et artificielle : elles ne valent pas une advertance et sollicitude pénibles. Qui veut faire sa dépense juste, la fait étroite et contrainte. La garde ou l'emploi sont de soi choses indifférentes, et ne prennent couleur de bien ou de mal que selon l'application de notre volonté.

L'autre cause qui me convie à ces promenades, c'est la disconvenance aux mœurs présentes de notre État. Je me consolerais aisément

a. Frustrons.

de cette corruption pour le regard de l'intérêt public.

pejoraque sœcula ferri
Temporibus, quorum sceleri non invenit ipsa
*Nomen, et à nullo posuit natura metallo**,

mais pour le mien, non. J'en suis en particulier trop pressé[a]. Car en mon voisinage, nous sommes tantôt, par la longue licence de ces guerres civiles, envieillis en une forme d'État si débordée,

*Quippe ubi fas versum atque nefas***,

qu'à la vérité c'est merveille qu'elle se puisse maintenir.

Armati terram exercent, sempérque recentes
*Convectare juvat prœdas et vivere rapto****.

Enfin je vois par notre exemple que la société des hommes se tient et se coud, à quelque

a. Accablé.

* Juvénal, *Satire XIII* : « Siècles pires que l'âge de fer, pour le crime desquels la nature elle-même n'a pu trouver de nom, ni de métal pour les désigner. »

** Virgile, *Géorgiques*, chant I : « Où se confondent le juste et l'injuste. »

*** Virgile, *Énéide*, chant VII : « On laboure la terre, tout armé, et sans cesse on ne pense qu'à faire de nouveaux brigandages, et à vivre de rapines. »

prix que ce soit. En quelque assiette qu'on les couche, ils s'appilent et se rangent en se remuant et s'entassant, comme des corps mal unis qu'on empoche sans ordre trouvent d'eux-mêmes la façon de se joindre et s'emplacer les uns parmi les autres, souvent mieux que l'art ne les eût su disposer. Le roi Philippe fit un amas des plus méchants hommes et incorrigibles qu'il pût trouver, et les logea tous en une ville qu'il leur fit bâtir, qui en portait le nom. J'estime qu'ils dressèrent des vices mêmes une contexture politique entre eux et une commode et juste société.

Je vois, non une action, ou trois, ou cent, mais des mœurs en usage commun et reçu si monstrueuses en inhumanité surtout et déloyauté, qui est pour moi la pire espèce des vices, que je n'ai point le courage de les concevoir sans horreur ; et les admire quasi autant que je les déteste. L'exercice de ces méchancetés insignes porte marque de vigueur et force d'âme autant que d'erreur et dérèglement. La nécessité compose les hommes et les assemble. Cette couture fortuite se forme après en lois ; car il en a été d'aussi farouches qu'aucune opinion humaine puisse enfanter, qui toutefois ont maintenu leurs corps avec autant de santé et longueur de vie que celles de Platon et Aristote sauraient faire.

Et certes toutes ces descriptions de police[a], feintes par art, se trouvent ridicules et ineptes à mettre en pratique. Ces grandes et longues altercations de la meilleure forme de société et des règles plus commodes à nous attacher, sont altercations propres seulement à l'exercice de notre esprit ; comme il se trouve ès arts plusieurs sujets qui ont leur essence en l'agitation et en la dispute, et n'ont aucune vie hors de là. Telle peinture de police serait de mise en un nouveau monde, mais nous prenons les hommes obligés déjà et formés à certaines coutumes, nous ne les engendrons pas, comme Pyrrha ou comme Cadmus. Par quelque moyen que nous ayons loi de les redresser et ranger de nouveau, nous ne pouvons guère les tordre de leur pli accoutumé que nous ne rompions tout. On demandait à Solon s'il avait établi les meilleures lois qu'il avait pu aux Athéniens : « Oui bien, répondit-il, de celles qu'ils eussent reçues. »

Varron s'excuse de pareil air : « que s'il avait tout de nouveau à écrire de la religion, il dirait ce qu'il en croit, mais, étant déjà reçue et formée, il en dira selon l'usage plus que selon la Nature. »

Non par opinion mais en vérité, l'excellente et meilleure police est à chacune nation celle

a. Gouvernement.

sous laquelle elle s'est maintenue. Sa forme et commodité essentielle dépend de l'usage. Nous nous déplaisons volontiers de la condition présente. Mais je tiens pourtant que d'aller désirant le commandement de peu en un État populaire, ou en la monarchie une autre espèce de gouvernement, c'est vice et folie.

Aime l'État tel que tu le vois être :
S'il est royal, aime la royauté ;
S'il est de peu, ou bien communauté
Aime l'aussi, car Dieu t'y a fait naître.

Ainsi en parlait le bon M. de Pibrac, que nous venons de perdre, un esprit si gentil, les opinions si saines, les mœurs si douces ; cette perte, et celle qu'en même temps nous avons faite de monsieur de Foix, sont pertes importantes à notre couronne. Je ne sais s'il reste à la France de quoi substituer un autre couple pareil à ces deux Gascons en sincérité et en suffisance pour le conseil de nos rois. C'étaient âmes diversement belles et certes, selon le siècle, rares et belles, chacune en sa forme. Mais qui les avait logées en cet âge, si disconvenables et si disproportionnées à notre corruption et à nos tempêtes ?

Rien ne presse[a] un État que l'innovation :

a. Accable.

le changement donne seul forme à l'injustice et à la tyrannie. Quand quelque pièce se démanche, on peut l'étayer : on peut s'opposer à ce que l'altération et corruption naturelle à toutes choses ne nous éloigne trop de nos commencements et principes. Mais d'entreprendre à refondre une si grande masse et à changer les fondements d'un si grand bâtiment, c'est à faire à ceux qui pour décrasser effacent, qui veulent amender les défauts particuliers par une confusion universelle et guérir les maladies par la mort, « *non tam commutandarum quam evertendarum rerum cupidi**. » Le monde est inepte à se guérir ; il est si impatient de ce qui le presse qu'il ne vise qu'à s'en défaire, sans regarder à quel prix. Nous voyons par mille exemples qu'il se guérit ordinairement à ses dépens ; la décharge du mal présent n'est pas guérison, s'il n'y a en général amendement de condition.

La fin du chirurgien n'est pas de faire mourir la mauvaise chair ; ce n'est que l'acheminement de sa cure. Il regarde au-delà, d'y faire renaître la naturelle et rendre la partie à son dû être. Quiconque propose seulement d'emporter ce qui le mâche, il demeure court, car le bien ne succède pas nécessairement au

* Cicéron, *De Officiis*, livre II, chap. I : « Désireux moins de changer le gouvernement que de le détruire. »

mal ; un autre mal lui peut succéder, et pire, comme il advint aux tueurs de César, qui jetèrent la chose publique à tel point qu'ils eurent à se repentir de s'en être mêlé. À plusieurs depuis, jusques à nos siècles, il est advenu de même. Les Français mes contemporains savent bien qu'en dire. Toutes grandes mutations ébranlent l'État et le désordonnent.

Qui viserait droit à la guérison et en consulterait avant toute œuvre se refroidirait volontiers d'y mettre la main. Pacuvius Calavius corrigea le vice de ce procédé par un exemple insigne. Ses concitoyens étaient mutinés contre leurs magistrats. Lui, personnage de grande autorité en la ville de Capoue, trouva un jour moyen d'enfermer le Sénat dans le palais et, convoquant le peuple en la place, leur dit que le jour était venu auquel en pleine liberté ils pouvaient prendre vengeance des tyrans qui les avaient si longtemps oppressés, lesquels il tenait à sa merci seuls et désarmés. Fut d'avis qu'au sort on les tirât hors l'un après l'autre, et de chacun on ordonnât particulièrement, faisant sur-le-champ exécuter ce qui en serait décrété, pourvu aussi que tout d'un train ils avisassent d'établir quelque homme de bien en la place du condamné, afin qu'elle ne demeurât vide d'officier. Ils n'eurent pas plus tôt ouï le nom d'un sénateur qu'il s'éleva un cri de mécontentement universel à l'encontre de lui. « Je vois bien, dit Pacuvius, il faut démettre celui-ci : c'est un méchant ; ayons-en un bon en change. » Ce fut un prompt silence, tout le monde se trouvant bien empêché au choix ; au premier plus effronté qui dit le sien, voilà un consentement de voix encore plus grand à refuser celui-là, cent imperfections et justes causes de le rebuter. Ces humeurs contradictoires s'étant échauffées, il advint encore pis du second sénateur, et du tiers ; autant de discorde à l'élection que de convenance à la démission. S'étant inutilement lassés à ce trouble, ils commencent, qui deçà, qui delà, à se dérober peu à peu de l'assemblée, rapportant chacun cette résolution en son âme que le plus vieil et mieux connu mal est toujours plus supportable que le mal récent et inexpérimenté.

Pour nous voir bien piteusement agités, car que n'avons-nous fait ?

Eheu cicatricum et sceleris pudet,
Fratrumque : quid nos dura refugimus
Ætas ! quid intactum nefasti
Liquimus ! unde manus juventus
Metu Deorum continuit ! quibus
*Pepercit aris** *!*

* Horace, *Ode 35* du livre I : « Hélas ! nos cicatrices, nos crimes, nos guerres fratricides nous couvrent de honte : devant

je ne vais pas soudain me résolvant[a] :

ipsa si velit salus,
*Servare prorsus non potest hanc familiam**.

Nous ne sommes pas pourtant, à l'aventure, à notre dernière période. La conservation des États est chose qui vraisemblablement surpasse notre intelligence. C'est, comme dit Platon, chose puissante et de difficile dissolution qu'une civile police. Elle dure souvent contre des maladies mortelles et intestines, contre l'injure des lois injustes, contre la tyrannie, contre le débordement et ignorance des magistrats, licence et sédition des peuples.

En toutes nos fortunes, nous nous comparons à ce qui est au-dessus de nous et regardons vers ceux qui sont mieux. Mesurons-nous à ce qui est au-dessous : il n'en est point de si malotru qui ne trouve mille exemples où se consoler. C'est notre vice, que nous voyons plus mal volontiers ce qui est d'avant nous

quelle atrocité notre génération a-t-elle reculé ? Quel sacrilège n'avons-nous pas commis ? La crainte des dieux a-t-elle retenu notre jeunesse d'une profanation ? Quels autels ont été épargnés ? »

a. Résumant.

* Térence, *Adelphes*, acte IV : « La déesse Salus elle-même le voulût-elle, elle serait incapable de sauver cette famille. »

que volontiers ce qui est après. « Si[a], disait Solon, qui dresserait un tas de tous les maux ensemble, qu'il n'est aucun qui ne choisit plutôt de rapporter avec soi les maux qu'il a, que de venir à division légitime avec tous les autres hommes de ce tas de maux et en prendre sa quote-part. » Notre police se porte mal ? il en a été pourtant de plus malades sans mourir. Les dieux s'ébattent de nous à la pelote, et nous agitent à toutes mains :

*Enimvero Dii nos homines quasi pilas habent**.

Les astres ont fatalement destiné l'État de Rome pour exemplaire de ce qu'ils peuvent en ce genre. Il comprend en soi toutes les formes et aventures qui touchent un État ; tout ce que l'ordre y peut et le trouble, et l'heur et le malheur. Qui se doit désespérer de sa condition, voyant les secousses et mouvements de quoi celui-là fut agité et qu'il supporta ? Si l'étendue de la domination est la santé d'un État (de quoi je ne suis aucunement d'avis et me plaît Isocrate qui instruit Nicoclès, non d'envier les Princes qui ont des dominations larges,

a. Rapprocher *si* de *qu'il n'est* : De telle sorte que.

* Citation de Plaute, *Prologue* des *Captifs*, vers 22, que Montaigne a lue chez Juste Lipse, *Saturnalium sermonum libri*, livre I, chap. I : « Les dieux se servent des hommes comme de balles. »

mais qui savent bien conserver celles qui leur sont échues), celui-là ne fut jamais si sain que quand il fut le plus malade. La pire de ses formes lui fut la plus fortunée. À peine reconnaît-on l'image d'aucune police sous les premiers empereurs ; c'est la plus horrible et épaisse confusion qu'on puisse concevoir. Toutefois il la supporta et y dura, conservant non pas une monarchie resserrée en ses limites, mais tant de nations si diverses, si éloignées, si mal affectionnées, si désordonnément commandées et injustement conquises ;

nec gentibus ullis
Commodat in populum terrœ pelagique potentem,
*Invidiam fortuna suam**.

Tout ce qui branle ne tombe pas. La contexture d'un si grand corps tient à plus d'un clou. Il tient même par son antiquité, comme les vieux bâtiments, auxquels l'âge a dérobé le pied, sans croûte et sans ciment, qui pourtant vivent et se soutiennent en leur propre poids,

nec jam validis radicibus hœrens,
*Pondere tuta suo est***.

* Lucain, *Pharsale*, chant I : « La Fortune ne prête l'appui de sa jalousie à aucune nation contre un peuple maître de la terre et de la mer. »

** *Id., Ibid.*, chant I : « Il ne tient plus par de solides racines ; c'est son propre poids qui le fixe au sol. »

Davantage ce n'est pas bien procéder de reconnaître seulement le flanc et le fossé : pour juger de la sûreté d'une place, il faut voir par où on y peut venir, en quel état est l'assaillant. Peu de vaisseaux fondent de leur propre poids et sans violence étrangère. Or, tournons les yeux partout, tout croule autour de nous. En tous les grands États, soit de Chrétienté, soit d'ailleurs, que nous connaissons, regardez-y : vous y trouverez une évidente menace de changement et de ruine :

Et sua sunt illis incommoda, parque per omnes
*Tempestas**.

Les astrologues ont beau jeu à nous avertir, comme ils font, de grandes altérations et mutations prochaines ; leurs divinations sont présentes et palpables, il ne faut pas aller au ciel pour cela.

Nous n'avons pas seulement à tirer consolation de cette société universelle de mal et de menace, mais encore quelque espérance pour la durée de notre État, d'autant que naturellement rien ne tombe là où tout tombe. La maladie universelle est la santé particulière,

* Citation de Virgile adaptée par Montaigne : « Ils ont aussi leurs infirmités et une pareille tempête les menace tous. » Le texte de Virgile, *Énéide*, chant XI, vers 422, est : *Sunt illis sua funera, parque par omnes tempestas*.

la conformité est qualité ennemie à la dissolution. Pour moi, je n'en entre point au désespoir, et me semble y voir des routes à nous sauver ;

Deus hœc fortasse benigna
*Reducet in sedem vice**.

Qui sait si Dieu voudra qu'il en advienne comme des corps qui se purgent et remettent en meilleur état par longues et grièves maladies, lesquelles leur rendent une santé plus entière et plus nette que celle qu'elles leur avaient ôtée ?

Ce qui me pèse le plus, c'est qu'à compter les symptômes de notre mal, j'en vois autant de naturels et de ceux que le ciel nous envoie et proprement siens, que de ceux que notre dérèglement et l'imprudence humaine y confèrent. Il semble que les astres mêmes ordonnent que nous avons assez duré outre les termes ordinaires. Et ceci aussi me pèse, que le plus voisin mal qui nous menace n'est pas altération en la masse entière et solide, mais sa dissipation et divulsion[a], l'extrême de nos craintes.

Encore en ces rêvasseries-ci crains-je la

a. Dislocation.
* Horace, *Épode 13* : « Peut-être un dieu, par un retour favorable, nous rendra-t-il notre premier état. »

trahison de ma mémoire, que par inadvertance elle m'a fait enregistrer une chose deux fois. Je hais à me reconnaître, et ne retâte jamais qu'envis ce qui m'est une fois échappé. Or, je n'apporte ici rien de nouvel apprentissage. Ce sont imaginations communes ; les ayant à l'aventure conçues cent fois, j'ai peur de les avoir déjà enrôlées[a]. La redite est partout ennuyeuse, fût-ce dans Homère, mais elle est ruineuse aux choses qui n'ont qu'une montre superficielle et passagère ; je me déplais de l'inculcation, voire aux choses utiles, comme en Sénèque, et l'usage de son école Stoïque me déplaît, de redire sur chaque matière tout au long et au large les principes et présuppositions qui servent en général, et réalléguer toujours de nouveau les arguments et raisons communes et universelles. Ma mémoire s'empire cruellement tous les jours,

Pocula Lethœos ut si ducentia somnos
Arente fauce traxerim[*].

Il faudra dorénavant (car, Dieu merci, jusques à cette heure il n'en est pas advenu de faute), que, au lieu que les autres cherchent temps et occasion de penser à ce qu'ils ont à dire, je

a. Mises en rôle.

* Horace, *Épode 14* : « Comme si, la gorge en feu, j'avais bu les eaux du Léthé qui apportent le sommeil. »

fuie à me préparer, de peur de m'attacher à quelque obligation de laquelle j'aie à dépendre. L'être tenu et obligé me fourvoie, et le dépendre d'un si faible instrument qu'est ma mémoire.

Je ne lis jamais cette histoire que je ne m'en offense, d'un ressentiment propre et naturel : Lyncestès, accusé de conjuration contre Alexandre, le jour qu'il fut mené en la présence de l'armée, suivant la coutume, pour être ouï en ses défenses, avait en sa tête une harangue étudiée, de laquelle tout hésitant et bégayant il prononça quelques paroles. Comme il se troublait de plus en plus, cependant qu'il lutte avec sa mémoire et qu'il la retâte, le voilà chargé et tué à coups de pique par les soldats qui lui étaient plus voisins, le tenant pour convaincu. Son étonnement et son silence leur servit de confession : ayant eu en prison tant de loisir de se préparer, ce n'est à leur avis plus la mémoire qui lui manque, c'est la conscience qui lui bride la langue et lui ôte la force. Vraiment c'est bien dit ! Le lieu étonne, l'assistance, l'expectation[a], lors même qu'il n'y va que de l'ambition de bien dire. Que peut-on faire quand c'est une harangue qui porte la vie en conséquence ?

Pour moi, cela même que je sois lié à ce que

a. L'attente.

j'ai à dire sert à m'en déprendre. Quand je me suis commis et assigné entièrement à ma mémoire, je prends si fort sur elle que je l'accable : elle s'effraie de sa charge. Autant que je m'en rapporte à elle, je me mets hors de moi, jusques à essayer ma contenance ; et me suis vu quelque jour en peine de celer la servitude en laquelle j'étais entravé, là où mon dessein est de représenter en parlant une profonde nonchalance et des mouvements fortuits et imprémédités, comme naissant des occasions présentes : aimant aussi cher ne rien dire qui vaille que de montrer être venu préparé pour bien dire, chose messéante, surtout à gens de ma profession, et chose de trop grande obligation à qui ne peut beaucoup tenir : l'apprêt donne plus à espérer qu'il ne porte. On se met souvent sottement en pourpoint pour ne sauter pas mieux qu'en saie[1]. « *Nihil est his qui placere volunt tam adversarium quam expectatio*[*]. »

Ils ont laissé par écrit de l'orateur Curion que, quand il proposait la distribution des pièces de son oraison[a] en trois ou en quatre, ou le nombre de ses arguments et raisons, il

a. Discours.

* Cicéron, *Académiques*, livre II, chap. IV : « Rien n'est plus préjudiciable à celui qui veut plaire que l'attente qu'il suscite. »

1. La *saie* est un manteau à larges manches qui se portait sur le pourpoint.

lui advenait volontiers, ou d'en oublier quelqu'un, ou d'y en ajouter un ou deux de plus. Je me suis toujours bien gardé de tomber en cet inconvénient, ayant haï ces promesses et prescriptions ; non seulement pour la défiance de ma mémoire, mais aussi pour ce que cette forme retire trop à l'artiste. « *Simpliciora militares decent*[*]. » *Baste*[a] que je me suis meshui[b] promis de ne prendre plus la charge de parler en lieu de respect. Car quant à parler en lisant son écrit, outre ce qu'il est monstrueux, il est de grand désavantage à ceux qui par nature pouvaient quelque chose en l'action. Et de me jeter à la merci de mon invention présente, encore moins : je l'ai lourde et trouble, qui ne saurait fournir à soudaines nécessités, et importantes.

Laisse, lecteur, courir encore ce coup d'essai et ce troisième alongeail du reste des pièces de ma peinture. J'ajoute, mais je ne corrige pas. Premièrement, parce que celui qui a hypothéqué au monde son ouvrage, je trouve apparence qu'il n'y ait plus de droit. Qu'il die, s'il peut, mieux ailleurs, et ne corrompe la besogne qu'il a vendue. De telles gens il ne faudrait rien acheter qu'après leur mort.

a. Suffit. — *b.* Désormais.

* Quintilien, *Institution oratoire*, livre XI, chap. I : « Une éloquence plus simple convient aux soldats. »

Qu'ils y pensent bien avant que de se produire. Qui les hâte ?

Mon livre est toujours un. Sauf qu'à mesure qu'on se met à le renouveler afin que l'acheteur ne s'en aille les mains du tout vides, je me donne loi d'y attacher (comme ce n'est qu'une marqueterie mal jointe), quelque emblème supernuméraire. Ce ne sont que surpoids, qui ne condamnent point la première forme, mais donnent quelque prix particulier à chacune des suivantes par une petite subtilité ambitieuse. De là toutefois il adviendra facilement qu'il s'y mêle quelque transposition de chronologie, mes contes prenant place selon leur opportunité, non toujours selon leur âge.

Secondement que, pour mon regard, je crains de perdre au change ; mon entendement ne va pas toujours avant, il va à reculons aussi. Je ne me défie guère moins de mes fantaisies, pour être secondes ou tierces que premières, ou présentes que passées. Nous nous corrigeons aussi sottement souvent comme nous corrigeons les autres. Mes premières publications furent l'an mille cinq cent quatre-vingts. Depuis d'un long trait de temps, je suis envieilli, mais assagi je ne le suis certes pas d'un pouce. Moi à cette heure et moi tantôt, sommes bien deux, mais quand meilleur ? je n'en puis rien dire. Il ferait beau être vieil, si nous ne marchions que vers l'amendement. C'est un mouvement d'ivrogne titubant, vertigineux[a], informe, ou des joncs que l'air manie casuellement selon soi.

Antiochus avait vigoureusement écrit en faveur de l'Académie ; il prit sur ses vieux ans un autre parti. Lequel des deux je suivisse, serait-ce pas toujours suivre Antiochus ? Après avoir établi le doute, vouloir établir la certitude des opinions humaines, était-ce pas établir le doute, non la certitude, et promettre, qui lui eût donné encore un âge à durer, qu'il était toujours en terme de nouvelle agitation, non tant meilleure qu'autre ?

La faveur publique m'a donné un peu plus de hardiesse que je n'espérais, mais ce que je crains le plus, c'est de saouler ; j'aimerais mieux poindre que lasser, comme a fait un savant homme de mon temps. La louange est toujours plaisante, de qui et pourquoi elle vienne ; si faut-il, pour s'en agréer justement, être informé de sa cause. Les imperfections même ont leur moyen de se recommander. L'estimation vulgaire et commune se voit peu heureuse en rencontre ; et, de mon temps, je suis trompé si les pires écrits ne sont ceux qui ont gagné le dessus du vent populaire. Certes, je rends grâces à des honnêtes hommes qui

a. Saisi par le vertige.

daignent prendre en bonne part mes faibles efforts. Il n'est lieu où les fautes de la façon paraissent tant qu'en une matière qui de soi n'a point de recommandation. Ne te prends point à moi, Lecteur, de celles qui se coulent ici par la fantaisie ou inadvertance d'autrui ; chaque main, chaque ouvrier y apporte les siennes. Je ne me mêle ni d'orthographe, et ordonne seulement qu'ils suivent l'ancienne, ni de la ponctuation : je suis peu expert en l'un et en l'autre. Où ils rompent du tout le sens, je m'en donne peu de peine, car au moins ils me déchargent ; mais où ils en substituent un faux, comme ils font si souvent, et me détournent à leur conception, ils me ruinent. Toutefois, quand la sentence n'est forte à ma mesure, un honnête homme la doit refuser pour mienne. Qui connaîtra combien je suis peu laborieux, combien je suis fait à ma mode, croira facilement que je redicterais plus volontiers encore autant d'essais que de m'assujettir à resuivre ceux-ci, pour cette puérile correction.

Je disais donc tantôt, qu'étant planté en la plus profonde minière de ce nouveau métal, non seulement je suis privé de grande familiarité avec gens d'autres mœurs que les miennes et d'autres opinions, par lesquelles ils tiennent ensemble d'un nœud qui fuit à tout autre nœud, mais encore je ne suis pas sans hasard parmi ceux à qui tout est également loisible, et desquels la plupart ne peut meshui empirer son marché envers notre justice, d'où naît l'extrême degré de licence. Comptant toutes les particulières circonstances qui me regardent, je ne trouve homme des nôtres à qui la défense des lois coûte, et en gain cessant et en dommage émergeant, disent les clercs, plus qu'à moi. Et tels font bien les braves de leur chaleur et âpreté qui font beaucoup moins que moi, en juste balance.

Comme maison de tout temps libre, de grand abord, et officieuse à chacun (car je ne me suis jamais laissé induire d'en faire un outil de guerre, à laquelle je me mêle plus volontiers où elle est la plus éloignée de mon voisinage), ma maison a mérité assez d'affection populaire, et serait bien malaisé de me gourmander sur mon fumier ; et estime à un merveilleux chef-d'œuvre, et exemplaire, qu'elle soit encore vierge de sang et de sac, sous un si long orage, tant de changements et agitations voisines. Car, à dire vrai, il était possible à un homme de ma complexion d'échapper à une forme constante et continue, quelle qu'elle fût ; mais les invasions et incursions contraires et alternations et vicissitudes de la fortune autour de moi ont jusqu'à cette heure plus exaspéré qu'amolli l'humeur du pays, et me rechargent de dangers et difficultés invincibles. J'échappe, mais il me déplaît que ce soit plus par fortune, voire et par ma prudence, que par justice, et me déplaît d'être hors la protection des lois et sous autre sauvegarde que la leur. Comme les choses sont, je vis plus qu'à demi de la faveur d'autrui, qui est une rude obligation. Je ne veux devoir ma sûreté, ni à la bonté et bénignité des grands, qui s'agréent de ma légalité et liberté, ni à la facilité des mœurs de mes prédécesseurs et miennes. Car quoi, si j'étais autre ? Si mes déportements[a] et la franchise de ma conversation obligent mes voisins ou la parenté, c'est cruauté qu'ils s'en puissent acquitter en me laissant vivre, et qu'ils puissent dire : « Nous lui condonnons la libre continuation du service divin en la chapelle de sa maison, toutes les églises d'autour étant par nous désertées et ruinées, et lui condonnons l'usage de ses biens, et sa vie, comme il conserve nos femmes et nos bœufs au besoin. » De longue main chez moi, nous avons part à la louange de Lycurgue Athénien, qui était général dépositaire et gardien des bourses de ses concitoyens.

Or je tiens qu'il faut vivre par droit et par autorité, non par récompense ni par grâce. Combien de galants hommes ont mieux aimé

a. Ma conduite.

perdre la vie que la devoir ! Je fuis à me soumettre à toute sorte d'obligation, mais surtout à celle qui m'attache par devoir d'honneur. Je ne trouve rien si cher que ce qui m'est donné et ce pourquoi ma volonté demeure hypothéquée par titre de gratitude, et reçois plus volontiers les offices qui sont à vendre. Je crois bien : pour ceux-ci je ne donne que de l'argent, pour les autres, je me donne moi-même. Le nœud qui me tient par la loi d'honnêteté me semble bien plus pressant et plus pesant que n'est celui de la contrainte civile. On me garrotte plus doucement par un notaire que par moi. N'est-ce pas raison, que ma conscience soit beaucoup plus engagée à ce en quoi on s'est simplement fié d'elle ? Ailleurs ma foi ne doit rien, car on ne lui a rien prêté ; qu'on s'aide de la fiance et assurance qu'on a prise hors de moi ! J'aimerais bien plus cher rompre la prison d'une muraille et des lois que de ma parole. Je suis délicat à l'observation de mes promesses jusques à la superstition, et les fais en tous sujets volontiers incertaines et conditionnelles. À celles qui sont de nul poids, je donne poids de la jalousie de ma règle ; elle me géhenne et charge de son propre intérêt. Oui, ès entreprises toutes miennes et libres, si j'en dis le point, il me semble que je me le prescris, et que le donner à la science d'autrui c'est le préordonner à soi ; il me semble que je le promets quand je le dis. Ainsi j'évente peu mes propositions.

La condamnation que je fais de moi est plus vive et plus roide que n'est celle des juges, qui ne me prennent que par le visage de l'obligation commune, l'étreinte de ma conscience plus serrée et plus sévère. Je suis lâchement les devoirs auxquels on m'entraînerait si je n'y allais. « *Hoc ipsum ita justum est quod recte fit, si est voluntarium*[*]. » Si l'action n'a quelque splendeur de liberté, elle n'a point de grâce ni d'honneur.

Quod me jus cogit, vix voluntate impetrent[**].

Où la nécessité me tire, j'aime à lâcher la volonté, « *quia quicquid imperio cogitur, exigenti magis quam prœstanti acceptum refertur*[***]. » J'en sais qui suivent cet air jusques à l'injustice, donnent plutôt qu'ils ne rendent, prêtent plutôt qu'ils ne payent, font plus escharsement[a] bien à celui à qui ils en sont tenus. Je ne vois pas là, mais je touche contre.

a. Parcimonieusement.

* Cicéron, *De Officiis*, livre I, chap. IX : « L'action la plus juste n'est telle qu'autant qu'elle est volontaire. »

** Térence, *Adelphes*, acte III : « Je ne fais guère volontairement choses auxquelles m'oblige le devoir. »

*** Valère Maxime, *Dits et faits mémorables*, livre II, chap. II : « Parce que, dans les actions imposées, on a plus de reconnaissance à celui qui ordonne qu'à celui qui exécute. »

J'aime tant à me décharger et désobliger que j'ai parfois compté à profit les ingratitudes, offenses et indignités que j'avais reçues de ceux à qui, ou par nature ou par accident, j'avais quelque devoir d'amitié, prenant cette occasion de leur faute à autant d'acquit et décharge de ma dette. Encore que je continue à leur payer les offices apparents de la raison publique, je trouve grande épargne pourtant à faire par justice ce que je faisais par affection et à me soulager un peu de l'attention et sollicitude de ma volonté au-dedans *« est prudentis sustinere ut cursum, sic impetum benevolentiæ** », laquelle j'ai un peu bien urgente et pressante où je m'adonne au moins pour un homme qui ne veut aucunement être en presse[a] ; et me sert cette ménagerie[b] de quelque consolation aux imperfections de ceux qui me touchent. Je suis bien déplaisant qu'ils en vaillent moins, mais tant y a que j'en épargne aussi quelque chose de mon application et engagement envers eux. J'approuve celui qui aime moins son enfant d'autant qu'il est ou teigneux ou bossu, et non seulement quand il est malicieux, mais aussi quand il est malheureux et mal né (Dieu même en a rabattu cela de son prix et estimation naturelle), pourvu

a. Être en difficulté. — *b.* Ménagement.

* Cicéron, *De l'Amitié*, chap. XVII : « C'est le propre de l'homme prudent, comme dans une course on retient son cheval, de contenir les élans de l'amitié. »

qu'il se porte en ce refroidissement avec modération et exacte justice. En moi, la proximité n'allège pas les défauts, elle les aggrave plutôt.

Après tout, selon que je m'entends en la science du bienfait et de reconnaissance, qui est une subtile science et de grand usage, je ne vois personne plus libre et moins endetté que je suis jusques à cette heure. Ce que je dois, je le dois aux obligations communes et naturelles. Il n'en est point qui soit plus nettement quitte d'ailleurs,

> *nec sunt mihi nota potentum*
> *Munera**.

Les princes me donnent prou[a] s'ils ne m'ôtent rien, et me font assez de bien quand ils ne me font point de mal : c'est tout ce que j'en demande. Ô combien je suis tenu à Dieu de ce qu'il lui a plu que j'aie reçu immédiatement de sa grâce tout ce que j'ai, qu'il a retenu particulièrement à soi toute ma dette ! Combien je supplie instamment sa sainte miséricorde que jamais je ne doive un essentiel grammerci[b] à personne ! Bienheureuse franchise, qui m'a conduit si loin. Qu'elle achève !

a. Assez. — *b.* Grand merci.

* Virgile, *Énéide*, chant XII : « Et les présents des grands me sont inconnus. »

J'essaie à n'avoir exprès besoin de nul.

*« In me omnis spes est mihi**. » C'est chose que chacun peut en soi, mais plus facilement ceux que Dieu a mis à l'abri des nécessités naturelles et urgentes. Il fait bien piteux et hasardeux dépendre d'un autre. Nous-mêmes, qui est la plus juste adresse et la plus sûre, ne nous sommes pas assez assurés. Je n'ai rien mien que moi ; et si, en est la possession en partie manque et empruntée. Je me cultive et en courage qui est le plus fort, et encore en fortune, pour y trouver de quoi me satisfaire, quand ailleurs tout m'abandonnerait.

L'Éléen Hippias ne se fournit pas seulement de science, pour au giron des Muses se pouvoir joyeusement écarter de toute autre compagnie au besoin, ni seulement de la connaissance de la philosophie, pour apprendre à son âme de se contenter d'elle et se passer virilement des commodités qui lui viennent du dehors, quand le sort l'ordonne ; il fut si curieux d'apprendre encore à faire sa cuisine et son poil[a], ses robes, ses souliers, ses bagues, pour se fonder en soi autant qu'il pourrait et[b] soustraire au secours étranger.

a. Barbe. — *b.* Sens intensif : même.

* Térence, *Adelphes*, acte III : « C'est en moi que sont toutes mes espérances. » Le texte exact est : *« In te spes omnis, Hegio, nobis sita est. »*

On jouit bien plus librement et plus gaiement des biens empruntés quand ce n'est pas une jouissance obligée et contrainte par le besoin, et qu'on a, et en sa volonté et en sa fortune, la force et les moyens de s'en passer.

Je me connais bien. Mais il m'est malaisé d'imaginer nulle si pure libéralité de personne, nulle hospitalité si franche et gratuite, qui ne me semblât disgraciée, tyrannique et teinte de reproche, si la nécessité m'y avait enchevêtré. Comme le donner est qualité ambitieuse et de prérogative, aussi est l'accepter qualité de soumission. Témoin l'injurieux et querelleux refus que Bajazet fit des présents que Temir lui envoyait. Et ceux qu'on offrit de la part de l'empereur Soliman à l'empereur de Calicut le mirent en si grand dépit que, non seulement il les refusa rudement, disant que ni lui ni ses prédécesseurs n'avaient à coutume de prendre et que c'était leur office de donner, mais en outre fit mettre en un cul de fosse les ambassadeurs envoyés à cet effet.

Quand Thétis, dit Aristote, flatte Jupiter, quand les Lacédémoniens flattent les Athéniens, ils ne vont pas leur rafraîchissant la mémoire des biens qu'ils leur ont faits, qui est toujours odieuse, mais la mémoire des bienfaits qu'ils ont reçus d'eux. Ceux que je vois si familièrement employer tout chacun et s'y engager ne le feraient pas, s'ils pesaient autant que doit peser à un sage homme l'engageure d'une obligation ; elle se paie à l'aventure quelquefois, mais elle ne se dissout jamais. Cruel garrottage à qui aime affranchir les coudées de sa liberté en tous sens. Mes connaissants, et au-dessus et au-dessous de moi, savent s'ils en ont jamais vu du moins chargeant sur autrui. Si je le puis au-delà de tout exemple moderne, ce n'est pas grande merveille, tant de pièces de mes mœurs y contribuant : un peu de fierté naturelle, l'impatience du refus, contraction de mes désirs et desseins, inhabileté à toute sorte d'affaires, et mes qualités plus favorites, l'oisiveté, la franchise. Par tout cela j'ai pris à haine mortelle d'être venu ni à autre ni par autre que moi. J'emploie bien vivement tout ce que je puis à me passer[1], avant que j'emploie la bénéficence d'un autre en quelque ou légère ou pesante occasion que ce soit.

Mes amis m'importunent étrangement quand ils me requièrent de requérir un tiers. Et ne me semble guère moins de coût désengager celui qui me doit, usant de lui, que m'engager pour eux envers celui qui ne me doit rien. Cette condition ôtée, et cette autre qu'ils ne veuillent de moi chose négocieuse et soucieuse (car j'ai dénoncé à tout soin guerre

1. Me passer : m'abstenir.

capitale), je suis commodément facile au besoin de chacun. Mais j'ai encore plus fui à recevoir que je n'ai cherché à donner ; aussi est-il bien plus aisé selon Aristote. Ma fortune m'a peu permis de bien faire à autrui, et ce peu qu'elle m'en a permis, elle l'a assez maigrement logé. Si elle m'eût fait naître pour tenir quelque rang entre les hommes, j'eusse été ambitieux de me faire aimer, non de me faire craindre ou admirer. L'exprimerai-je plus insolemment ? j'eusse autant regardé au plaire qu'au profiter. Cyrus, très sagement, et par la bouche d'un très bon capitaine, et meilleur philosophe encore, estime sa bonté et ses bienfaits loin au-delà de sa vaillance et belliqueuses conquêtes. Et le premier Scipion, partout où il se veut faire valoir, pèse sa débonnaireté et humanité au-dessus de sa hardiesse et de ses victoires, et a toujours en la bouche ce glorieux mot : qu'il a laissé aux ennemis autant à l'aimer qu'aux amis.

Je veux donc dire que, s'il faut ainsi devoir quelque chose, ce doit être à plus légitime titre que celui de quoi je parle, auquel la loi de cette misérable guerre m'engage, et non d'une si grosse dette comme celle de ma totale conservation : elle m'accable. Je me suis couché mille fois chez moi, imaginant qu'on me trahirait et assommerait cette nuit-là, composant avec la fortune que ce fût sans effroi et sans langueur. Et me suis écrié après mon patenôtre :

*Impius hœc tam culta novalia miles habebit** !

Quel remède ? c'est le lieu de ma naissance, et de la plupart de mes ancêtres ; ils y ont mis leur affection et leur nom. Nous nous durcissons à tout ce que nous accoutumons. Et à une misérable condition, comme est la nôtre, ç'a été un très favorable présent de nature que l'accoutumance, qui endort notre sentiment à la souffrance de plusieurs maux. Les guerres civiles ont cela de pire que les autres guerres, de nous mettre chacun en échauguette en sa propre maison.

Quàm miserum porta vitam muróque tueri,
*Vixque suœ tutum viribus esse domus***.

C'est grande extrémité d'être pressé jusque dans son ménage et repos domestique. Le lieu où je me tiens toujours est le premier et le dernier à la batterie de nos troubles, et où la paix n'a jamais son visage entier,

* Virgile, *Bucolique I* : « Un soldat sacrilège possédera ces champs si bien cultivés ! »

** Ovide, *Tristes*, chant IV : « Qu'il est triste de protéger sa vie par une porte et un mur et d'être à peine en sécurité grâce à la force de sa propre maison. »

*Tum quoque cum pax est, trepidant formidine belli**.
… Quoties pacem fortuna lacessit.
Hac iter est bellis.
Melius, fortuna, dedisses
Orbe sub Eoo sedem, gelidáque sub Arcto,
*Errantésque domos***.

Je tire parfois le moyen de me fermir contre ces considérations, de la nonchalance et lâcheté ; elles nous mènent aussi aucunement à la résolution. Il m'advient souvent d'imaginer avec quelque plaisir les dangers mortels et les attendre ; je me plonge la tête baissée stupidement dans la mort, sans la considérer et reconnaître, comme dans une profondeur muette et obscure, qui m'engloutit d'un saut et accable en un instant d'un puissant sommeil, plein d'insipidité et indolence. Et en ces morts courtes et violentes, la conséquence que j'en prévois me donne plus de consolation que l'effet de trouble. Ils disent, comme la vie n'est pas la meilleure pour être longue, que la mort est la meilleure pour n'être pas

* *Id., ibid.*, chant III : « Même quand c'est la paix, on tremble par la crainte de la guerre. »

** Lucain, *Pharsale*, chant I : « Chaque fois que la Fortune attaque la paix, c'est par ici que passe la guerre… Tu aurais mieux fait, Fortune, de nous donner une demeure dans le monde oriental, sous l'Arctique glacé, et des maisons mobiles. »

longue. Je ne m'étrange[a] pas tant de l'être mort comme j'entre en confidence avec le mourir. Je m'enveloppe et me tapis en cet orage, qui me doit aveugler et ravir de furie, d'une charge prompte et insensible.

Encore s'il advenait, comme disent aucuns jardiniers, que les roses et violettes naissent plus odoriférantes près des aux et des oignons, d'autant qu'ils sucent et tirent à eux ce qu'il y a de mauvaise odeur en la terre, aussi que ces dépravées natures humassent tout le venin de mon air et du climat et m'en rendissent d'autant meilleur et plus pur par leur voisinage que je ne perdisse pas tout. Cela n'est pas ; mais de ceci, il en peut être quelque chose ; que la bonté est plus belle et plus attrayante quand elle est rare, et que la contrariété et diversité raidit et resserre en soi le bien-faire, et l'enflamme par la jalousie de l'opposition et par la gloire.

Les voleurs, de leur grâce[b], ne m'en veulent pas particulièrement. Fais-je pas moi à eux ? Il m'en faudrait à trop de gens. Pareilles consciences logent sous diverse sorte de fortunes, pareille cruauté, déloyauté, volerie, et d'autant pire qu'elle est plus lâche, plus sûre, et plus obscure, sous l'ombre des lois. Je hais moins l'injure professe[c] que traîtresse, guerrière que

a. Éloigne. — *b.* De leur gré. — *c.* Déclarée.

pacifique. Notre fièvre est survenue en un corps qu'elle n'a de guère empiré : le feu y était, la flamme s'y est prise ; le bruit est plus grand, le mal de peu.

Je réponds ordinairement à ceux qui me demandent raison de mes voyages : que je sais bien ce que je fuis, mais non pas ce que je cherche. Si on me dit que parmi les étrangers il y peut avoir aussi peu de santé, et que leurs mœurs ne valent pas mieux que les nôtres, je réponds : premièrement, qu'il est malaisé,

*Tam multæ scelerum facies** !

Secondement, que c'est toujours gain de changer un mauvais état à un état incertain, et que les maux d'autrui ne nous doivent pas poindre comme les nôtres.

Je ne veux pas oublier ceci, que je ne me mutine jamais tant contre la France que je ne regarde Paris de bon œil ; elle a mon cœur dès mon enfance. Et m'en est advenu comme des choses excellentes ; plus j'ai vu depuis d'autres villes belles, plus la beauté de celle-ci peut et gagne sur mon affection. Je l'aime par elle-même, et plus en son être seul que rechargée de pompe étrangère. Je l'aime tendrement,

* Virgile, *Géorgiques*, chant I : « Si nombreuses sont les formes du crime. »

jusques à ses verrues et à ses taches. Je ne suis français que par cette grande cité ; grande en peuples, grande en félicité de son assiette, mais surtout grande et incomparable en variété et diversité de commodités, la gloire de la France, et l'un des plus nobles ornements du monde. Dieu en chasse loin nos divisions ! Entière et unie, je la trouve défendue de toute autre violence. Je l'avise que de tous les partis le pire sera celui qui la mettra en discorde. Et ne crains pour elle qu'elle-même. Et crains pour elle autant certes que pour autre pièce de cet État. Tant qu'elle durera, je n'aurai faute de retraite où rendre mes abois, suffisante à me faire perdre le regret de toute autre retraite.

Non parce que Socrate l'a dit, mais parce qu'en vérité c'est mon humeur, et à l'aventure non sans quelque excès, j'estime tous les hommes mes compatriotes, et embrasse un Polonais comme un Français, postposant cette liaison nationale à l'universelle et commune. Je ne suis guère féru de la douceur d'un air naturel. Les connaissances toutes neuves et toutes miennes me semblent bien valoir ces autres communes et fortuites connaissances du voisinage. Les amitiés pures de notre acquêt emportent ordinairement celles auxquelles la communication du climat ou du sang nous joignent. Nature nous a mis au monde libres et déliés ; nous nous emprisonnons en certains détroits[a] ; comme les rois de Perse, qui s'obligeaient de ne boire jamais autre eau que celle du fleuve de Choaspès, renonçaient par sottise à leur droit d'usage en toutes les autres eaux, et asséchaient pour leur regard tout le reste du monde.

Ce que Socrate fit sur sa fin, d'estimer une sentence d'exil pire qu'une sentence de mort contre soi, je ne serai, à mon avis, jamais ni si cassé, ni si étroitement habitué en mon pays que je le fisse. Ces vies célestes ont assez d'images que j'embrasse par estimation plus que par affection. Et en ont aussi de si élevées et extraordinaires, que par estimation même je ne puis embrasser, d'autant que je ne les puis concevoir. Cette humeur fut bien tendre à un homme qui jugeait le monde sa ville. Il est vrai qu'il dédaignait les pérégrinations et n'avait guère mis le pied hors le territoire d'Attique. Quoi ? qu'il plaignait l'argent de ses amis à désengager sa vie, et qu'il refusa de sortir de prison par l'entremise d'autrui, pour ne désobéir aux lois, en un temps qu'elles étaient d'ailleurs si fort corrompues. Ces exemples sont de la première espèce pour moi. De la seconde sont d'autres que je pourrais trouver en ce même personnage. Plusieurs de ces rares exemples surpassent la force de mon action,

a. Districts.

mais aucunes surpassent encore la force de mon jugement.

Outre ces raisons, le voyage me semble un exercice profitable. L'âme y a une continuelle exercitation à remarquer les choses inconnues et nouvelles ; et je ne sache point meilleure école, comme j'ai dit souvent, à former la vie que de lui proposer incessamment la diversité de tant d'autres vies, fantaisies et usances, et lui faire goûter une si perpétuelle variété de formes de notre nature. Le corps n'y est ni oisif ni travaillé et cette modérée agitation le met en haleine. Je me tiens à cheval sans démonter, tout coliqueux que je suis, et sans m'y ennuyer, huit et dix heures,

Vires ultra sortémque senectæ[*].

Nulle saison m'est ennemie, que le chaud âpre d'un soleil poignant ; car les ombrelles, de quoi depuis les anciens Romains l'Italie se sert, chargent plus les bras qu'elles ne déchargent la tête. Je voudrais savoir quelle industrie c'était aux Perses si anciennement et en la naissance de la luxure[a] de se faire du vent frais et des ombrages à leur poste[b], comme dit Xénophon. J'aime les pluies et les crottes,

a. Luxe. — *b.* À leur guise.

* Virgile, *Énéide*, chant VI : « Au-delà des forces et de la condition de la vieillesse. »

comme les canes. La mutation d'air et de climat ne me touche point : tout ciel m'est un. Je ne suis battu que des altérations internes que je produis en moi, et celles-là m'arrivent moins en voyageant.

Je suis malaisé à ébranler ; mais, étant avoyé[a], je vais tant qu'on veut. J'estrive[b] autant aux petites entreprises qu'aux grandes, et à m'équiper pour faire une journée et visiter un voisin que pour un juste voyage. J'ai appris à faire mes journées à l'Espagnole, d'une traite : grandes et raisonnables journées ; et aux extrêmes chaleurs, les passe de nuit, du soleil couchant jusques au levant. L'autre façon de reparaître en chemin, en tumulte et hâte, pour la dînée, notamment aux jours courts, est incommode. Mes chevaux en valent mieux. Jamais cheval ne m'a failli, qui a su faire avec moi la première journée. Je les abreuve partout, et regarde seulement qu'ils aient assez de chemin de reste pour battre leur eau. La paresse à me lever donne loisir à ceux qui me suivent de dîner[1] à leur aise avant partir. Pour moi, je ne mange jamais trop tard ; l'appétit me vient en mangeant, et point autrement ; je n'ai point de faim qu'à table.

a. Mis en route. — *b.* Je rechigne.

1. Il s'agit du déjeuner, qui se prenait entre 10 et 11 heures du matin.

Aucuns se plaignent de quoi je me suis agréé à continuer cet exercice, marié et vieil. Ils ont tort. Il est mieux temps d'abandonner sa famille quand on l'a mise en train de continuer sans nous, quand on y a laissé de l'ordre qui ne démente point sa forme passée. C'est bien plus d'imprudence de s'éloigner, laissant à sa maison une garde moins fidèle et qui ait moins de soin de pourvoir à votre besoin.

La plus utile et honorable science et occupation à une femme, c'est la science du ménage. J'en vois quelqu'une avare, de ménagère fort peu. C'est sa maîtresse qualité, et qu'on doit chercher avant toute autre, comme le seul douaire qui sert à ruiner ou sauver nos maisons. Qu'on ne m'en parle pas : selon que l'expérience m'en a appris, je requiers d'une femme mariée, au-dessus de toute autre vertu, la vertu économique[a]. Je l'en mets au propre, lui laissant par mon absence tout le gouvernement en main. Je vois avec dépit en plusieurs ménages monsieur revenir maussade et tout marmiteux du tracas des affaires, environ midi, que madame est encore après à se coiffer et attifer en son cabinet. C'est à faire aux reines, encore ne sais-je. Il est ridicule et injuste que l'oisiveté de nos femmes soit entretenue de notre sueur et travail. Il n'adviendra

a. Ménagère.

que je puisse à personne d'avoir l'usage de mes biens plus liquide que moi, plus quiète et plus quitte. Si le mari fournit de matière, nature même veut qu'elles fournissent de forme.

Quant aux devoirs de l'amitié maritale qu'on pense être intéressés par cette absence, je ne le crois pas. Au rebours, c'est une intelligence qui se refroidit volontiers par une trop continuelle assistance, et que l'assiduité blesse. Toute femme étrangère nous semble honnête femme. Et chacun sent par expérience que la continuation de se voir ne peut représenter le plaisir que l'on sent à se déprendre et reprendre à secousses. Ces interruptions me remplissent d'une amour récente envers les miens et me redonnent l'usage de la maison plus doux. La vicissitude échauffe mon appétit vers l'un et puis vers l'autre parti. Je sais que l'amitié a les bras assez longs pour se tenir et se joindre d'un coin de monde à l'autre ; et notamment celle-ci, où il y a une continuelle communication d'offices, qui en réveillent l'obligation et la souvenance. Les Stoïciens disent bien, qu'il y a si grande colligence[a] et relation entre les sages que celui qui dîne en France repaît son compagnon en Égypte ; et qui étend seulement son doigt, où que ce

a. Alliance.

soit, tous les sages qui sont sur la terre habitable en sentent aide. La jouissance et la possession appartiennent principalement à l'imagination. Elle embrasse plus chaudement ce qu'elle va quérir que ce que nous touchons, et plus continuellement. Comptez vos amusements journaliers, vous trouverez que vous êtes lors plus absent de votre ami quand il vous est présent : son assistance relâche votre attention et donne liberté à votre pensée de s'absenter à toute heure pour toute occasion.

De Rome en hors, je tiens et régente ma maison et les commodités que j'y ai laissées ; je vois croître les murailles, mes arbres, et mes rentes, et décroître, à deux doigts près, comme quand j'y suis :

*Ante oculos errat domus, errat forma locorum**.

Si nous ne jouissons que ce que nous touchons, adieu nos écus quand ils sont en nos coffres, et nos enfants s'ils sont à la chasse ! Nous les voulons plus près. Au jardin, est-ce loin ? À une demi-journée ? Quoi, dix lieues, est-ce loin ou près ? Si c'est près quoi onze, douze, treize ? et ainsi pas à pas. Vraiment, celle qui prescrira son mari le quantième

* Ovide, *Tristes*, chant III : « Devant mes yeux passe ma maison, passe l'image de ces lieux. »

pas finit le près, et le quantième pas donne commencement au loin, je suis d'avis qu'elle l'arrête entre deux :

excludat jurgia finis.
Utor permisso, caudœque pilos ut equinœ
Paulatim vello, et demo unum, demo etiam unum,
*Dum cadat elusus ratione ruentis acervi** ;

et qu'elles appellent hardiment la philosophie à leur secours : à qui quelqu'un pourrait reprocher, puisqu'elle ne voit ni l'un ni l'autre bout de la jointure entre le trop et le peu, le long et le court, le léger et le pesant, le près et le loin, puisqu'elle n'en reconnaît le commencement ni la fin, qu'elle juge bien incertainement du milieu. « *Rerum natura nullam nobis dedit cognitionem finium*** . » Sont-elles pas encore femmes et amies des trépassés, qui ne sont pas au bout de celui-ci, mais en l'autre monde ? Nous embrassons et ceux qui ont été et ceux qui ne sont point encore, non que les absents. Nous n'avons pas fait marché, en

* Horace, *Épître I* du livre II : « Dites un chiffre pour éviter toute contestation, sinon j'use de la permission et de même que j'arrache un par un les crins de la queue d'un cheval, je retranche une unité, puis une autre, jusqu'à ce qu'il n'en reste plus et que vous soyez vaincu par la force de mon raisonnement. »

** Cicéron, *Académiques*, livre II, chap. XXIX : « La nature ne nous a pas permis de connaître la borne des choses. »

nous mariant, de nous tenir continuellement accoués[a] l'un à l'autre, comme je ne sais quels petits animaux que nous voyons, ou comme les ensorcelés de Karenty, d'une manière chiennine. Et ne doit une femme avoir les yeux si gourmandement fichés sur le devant de son mari qu'elle n'en puisse voir le derrière, où besoin est.

Mais ce mot de ce peintre si excellent de leurs humeurs serait-il point de mise en ce lieu, pour représenter la cause de leurs plaintes :

Uxor, si cesses, aut te amare cogitat,
Aut tete amari, aut potare, aut animo obsequi,
*Et tibi bene esse soli, cum sibi sit malè**.

Ou bien serait-ce pas que de soi l'opposition et contradiction les entretiennent et nourrissent, et qu'elles s'accommodent assez, pourvu qu'elles vous incommodent ?

En la vraie amitié, de laquelle je suis expert, je me donne à mon ami plus que je ne le tire à moi. Je n'aime pas seulement mieux lui faire bien que s'il m'en faisait, mais encore qu'il s'en fasse qu'à moi : il m'en fait lors le plus,

a. Attachés.

* Térence, *Adelphes* : « Ta femme, si tu tardes, s'imagine que tu aimes ailleurs, ou que tu es aimé, ou que tu es en train de boire, ou de suivre ta fantaisie, enfin que tu es seul à te donner du bon temps, tandis qu'elle se donne beaucoup de peine. »

quand il s'en fait. Et si l'absence lui est ou plaisante ou utile, elle m'est bien plus douce que sa présence ; et ce n'est pas proprement absence, quand il y a moyen de s'entr'avertir. J'ai tiré autrefois usage de notre éloignement, et commodité. Nous remplissions mieux et étendions la possession de la vie en nous séparant ; il vivait, il jouissait, il voyait pour moi, et moi pour lui, autant pleinement que s'il y eût été. L'une partie demeurait oisive quand nous étions ensemble : nous nous confondions. La séparation du lieu rendait la conjonction de nos volontés plus riche. Cette faim insatiable de la présence corporelle accuse un peu la faiblesse en la jouissance des âmes.

Quant à la vieillesse qu'on m'allègue, au rebours c'est à la jeunesse à s'asservir aux opinions communes et se contraindre pour autrui. Elle peut fournir à tous les deux, au peuple et à soi : nous n'avons que trop à faire à nous seuls. À mesure que les commodités naturelles nous faillent, soutenons-nous par les artificielles. C'est injustice d'excuser la jeunesse de suivre ses plaisirs, et défendre à la vieillesse d'en chercher. Jeune, je couvrais mes passions enjouées de prudence ; vieil, je démêle les tristes de débauche. Si, prohibent les lois Platoniques de pérégriner[a] avant qua-

a. Voyager à l'étranger.

rante ans ou cinquante, pour rendre la pérégrination plus utile et instructive. Je consentirais plus volontiers à cet autre second article des mêmes lois, qui l'interdit après les soixante.

« Mais en tel âge, vous ne reviendrez jamais d'un si long chemin ? » Que m'en chaut-il ! Je ne l'entreprends ni pour en revenir, ni pour le parfaire ; j'entreprends seulement de me branler, pendant que le branle me plaît. Et me promène pour me promener. Ceux qui courent un bénéfice ou un lièvre ne courent pas ; ceux-là courent qui courent aux barres, et pour exercer leur course.

Mon dessein est divisible partout ; il n'est pas fondé en grandes espérances ; chaque journée en fait le bout. Et le voyage de ma vie se conduit de même. J'ai vu pourtant assez de lieux éloignés, où j'eusse désiré qu'on m'eût arrêté. Pourquoi non, si Chrysippe, Cléanthe, Diogène, Zénon, Antipater, tant d'hommes sages de la secte plus renfrognée, abandonnèrent bien leur pays sans aucune occasion de s'en plaindre, et seulement pour la jouissance d'un autre air ? Certes, le plus grand déplaisir de mes pérégrinations, c'est que je n'y puisse apporter cette résolution d'établir ma demeure où je me plairais, et qu'il me faille toujours proposer de revenir, pour m'accommoder aux humeurs communes.

Si je craignais de mourir en autre lieu que celui de ma naissance, si je pensais mourir moins à mon aise éloigné des miens, à peine sortirais-je hors de France, je ne sortirais pas sans effroi hors de ma paroisse. Je sens la mort qui me pince continuellement la gorge ou les reins. Mais je suis autrement fait : elle m'est une partout. Si toutefois j'avais à choisir, ce serait, ce crois-je, plutôt à cheval que dans un lit, hors de ma maison et éloigné des miens. Il y a plus de crève-cœur que de consolation à prendre congé de ses amis. J'oublie volontiers ce devoir de notre entregent, car des offices de l'amitié celui-là est le seul déplaisant, et oublierais ainsi volontiers à dire ce grand et éternel adieu. S'il se tire quelque commodité de cette assistance, il s'en tire cent incommodités. J'ai vu plusieurs mourants bien piteusement assiégés de tout ce train : cette presse les étouffe. C'est contre le devoir et est témoignage de peu d'affection et de peu de soin de vous laisser mourir en repos : l'un tourmente vos yeux, l'autre vos oreilles, l'autre la bouche ; il n'y a ni sens ni membre qu'on ne vous fracasse. Le cœur vous serre de pitié d'ouïr les plaintes des amis, et de dépit à l'aventure d'ouïr d'autres plaintes feintes et masquées. Qui a toujours eu le goût tendre, affaibli, il l'a encore plus. Il lui faut en une si grande nécessité une main douce et accommodée à son sentiment pour le gratter justement où il lui cuit ; ou qu'on n'y touche point du tout. Si nous avons besoin de sage-femme à nous mettre au monde, nous avons bien besoin d'un homme encore plus sage à nous en sortir. Tel, et ami, le faudrait-il acheter bien chèrement, pour le service d'une telle occasion.

Je ne suis point arrivé à cette vigueur dédaigneuse qui se fortifie en soi-même, que rien n'aide, ni ne trouble ; je suis d'un point plus bas. Je cherche à coniller et à me dérober de ce passage, non par crainte, mais par art. Ce n'est pas mon avis de faire en cette action preuve ou montre de ma constance. Pour qui ? Lors cessera tout le droit et intérêt que j'ai à la réputation. Je me contente d'une mort recueillie en soi, quiète et solitaire, toute mienne, convenable à ma vie retirée et privée. Au rebours de la superstition romaine, où l'on estimait malheureux celui qui mourait sans parler et qui n'avait ses plus proches à lui clore les yeux, j'ai assez affaire à me consoler sans avoir à consoler autrui, assez de pensées en la tête sans que les circonstances m'en apportent de nouvelles, et assez de matière à m'entretenir sans l'emprunter. Cette partie n'est pas du rôle de la société ; c'est l'acte à un seul personnage. Vivons et rions entre les nôtres, allons mourir et rechigner entre les inconnus. On trouve, en payant, qui vous tourne la tête et qui vous frotte les pieds, qui ne vous presse qu'autant que vous voulez, vous présentant un visage indifférent, vous laissant vous entretenir et plaindre à votre mode.

Je me défais tous les jours par discours[a] de cette humeur puérile et inhumaine, qui fait que nous désirons d'émouvoir par nos maux la compassion et le deuil en nos amis. Nous faisons valoir nos inconvénients outre leur mesure, pour attirer leurs larmes. Et la fermeté que nous louons en chacun à soutenir sa mauvaise fortune, nous l'accusons et reprochons à nos proches, quand c'est en la nôtre. Nous ne nous contentons pas qu'ils se ressentent de nos maux, si encore ils ne s'en affligent. Il faut étendre la joie, mais retrancher autant qu'on peut la tristesse. Qui se fait plaindre sans raison est homme pour n'être pas plaint quand la raison y sera. C'est pour n'être jamais plaint que se plaindre toujours, faisant si souvent le piteux qu'on ne soit pitoyable à personne. Qui se fait mort vivant est sujet d'être tenu pour vif mourant. J'en ai vu prendre la chèvre[b] de ce qu'on leur trouvait le visage frais et le pouls posé, contraindre leur ris parce qu'il trahissait leur guérison, et

a. Raisonnement. — *b*. Se fâcher.

haïr la santé de ce qu'elle n'était pas regrettable. Qui bien plus est, ce n'étaient pas femmes.

Je représente mes maladies, pour le plus, telles qu'elles sont, et évite les paroles de mauvais pronostic et exclamations composées. Sinon l'allégresse, au moins la contenance rassise des assistants est propre près d'un sage malade. Pour se voir en un état contraire, il n'entre point en querelle avec la santé ; il lui plaît de la contempler en autrui forte et entière, et en jouir au moins par compagnie. Pour se sentir fondre contre-bas, il ne rejette pas du tout les pensées de la vie, ni ne fuit les entretiens communs. Je veux étudier la maladie quand je suis sain ; quand elle y est, elle fait son impression assez réelle, sans que mon imagination l'aide. Nous nous préparons avant la main aux voyages que nous entreprenons, et y sommes résolus : l'heure qu'il nous faut monter à cheval, nous la donnons à l'assistance et, en sa faveur, l'étendons.

Je sens ce profit inespéré de la publication de mes mœurs qu'elle me sert aucunement de règle. Il me vient parfois quelque considération de ne trahir l'histoire de ma vie. Cette publique déclaration m'oblige de me tenir en ma route, et à ne démentir l'image de mes conditions, communément moins défigurées et contredites que je ne porte la malignité et maladie des jugements d'aujourd'hui. L'uniformité et simplesse de mes mœurs produisent bien un visage d'aisée interprétation, mais parce que la façon en est un peu nouvelle et hors d'usage, elle donne trop beau jeu à la médisance. Si est-il, qu'à qui me veut loyalement injurier il me semble fournir bien suffisamment où mordre en mes imperfections avouées et connues, et de quoi s'y saouler, sans s'escarmoucher au vent. Si, pour en préoccuper moi-même l'accusation et la découverte, il lui semble que je lui édente sa morsure, c'est raison qu'il prenne son droit vers l'amplification et extension (l'offense a ses droits outre la justice), et que les vices de quoi je lui montre des racines chez moi, il les grossisse en arbres, qu'il y emploie non seulement ceux qui me possèdent, mais ceux aussi qui ne font que me menacer. Injurieux vices, et en qualité et en nombre ; qu'il me batte par là.

J'embrasserais franchement l'exemple du philosophe Bion. Antigonos le voulait piquer sur le sujet de son origine ; il lui coupa broche[a] : « Je suis, dit-il, fils d'un serf, boucher, stigmatisé, et d'une putain que mon père épousa par la bassesse de sa fortune. Tous

a. *Couper court.* La broche est la cheville de bois qu'on enfonce dans la bonde du tonneau en perce.

deux furent punis pour quelque méfait. Un orateur m'acheta enfant, me trouvant agréable, et m'a laissé mourant tous ses biens, lesquels ayant transporté en cette ville d'Athènes, me suis adonné à la philosophie. Que les historiens ne s'empêchent à chercher nouvelles de moi ; je leur en dirai ce qui en est. » La confession généreuse et libre énerve le reproche et désarme l'injure.

Tant y a que, tout compté, il me semble qu'aussi souvent on me loue qu'on me déprise outre la raison. Comme il me semble aussi que, dès mon enfance, en rang et degré d'honneur on m'a donné lieu plutôt au-dessus qu'au-dessous de ce qui m'appartient.

Je me trouverais mieux en pays auquel ces ordres fussent ou réglés, ou méprisés. Entre les hommes, depuis que l'altercation de la prérogative au marcher ou à se seoir passe trois répliques, elle est incivile. Je ne crains point de céder ou précéder iniquement pour fuir à une si importune contestation ; et jamais homme n'a eu envie de ma préséance à qui je ne l'aie quittée.

Outre ce profit que je tire d'écrire de moi, j'en espère cet autre que, s'il advient que mes humeurs plaisent et accordent à quelque honnête homme avant que je meure, il recherchera de nous joindre : je lui donne beaucoup de pays gagné, car tout ce qu'une longue connaissance et familiarité lui pourrait avoir acquis en plusieurs années, il le voit en trois jours en ce registre, et plus sûrement et exactement. Plaisante fantaisie : plusieurs choses que je ne voudrais dire à personne, je les dis au peuple, et sur mes plus secrètes sciences ou pensées, renvoie à une boutique de libraire mes amis plus féaux.

*Excutienda damus præcordia**.

Si à si bonnes enseignes je savais quelqu'un qui me fût propre, certes je l'irais trouver bien loin ; car la douceur d'une sortable et agréable compagnie ne se peut assez acheter à mon gré. Ô un ami ! Combien est vraie cette ancienne sentence, que l'usage en est plus nécessaire et plus doux que des éléments de l'eau et du feu !

Pour revenir à mon conte, il n'y a donc pas beaucoup de mal de mourir loin et à part. Si estimons-nous à devoir de nous retirer pour des actions naturelles moins disgraciées que celle-ci et moins hideuses. Mais encore, ceux qui en viennent là de traîner languissants un long espace de vie ne devraient à l'aventure

* Perse, *Satire V* : « Nous livrons à leur examen nos pensées intimes. » Montaigne qui avait déjà cité ce vers dans l'essai X du livre II, *Des Livres*, l'en a retranché après 1588 pour éviter la répétition.

souhaiter d'empêcher de leur misère une grande famille. Pourtant les Indois[1], en certaine province, estimaient juste de tuer celui qui serait tombé en telle nécessité ; en une autre province, ils l'abandonnaient seul à se sauver comme il pourrait. À qui ne se rendent-ils enfin ennuyeux et insupportables ? Les offices communs n'en vont point jusque-là. Vous apprenez la cruauté par force à vos meilleurs amis, durcissant et femme et enfants, par long usage, à ne sentir et plaindre plus vos maux. Les soupirs de ma colique n'apportent plus d'émoi à personne. Et quand nous tirerions quelque plaisir de leur conversation, ce qui n'advient pas toujours pour la disparité des conditions qui produit aisément mépris ou envie envers qui que ce soit, n'est-ce pas trop d'en abuser tout un âge ? Plus je les verrais se contraindre de bon cœur pour moi, plus je plaindrais leur peine. Nous avons loi de nous appuyer, non pas de nous coucher si lourdement sur autrui et nous étayer en leur ruine ; comme celui qui faisait égorger des petits enfants pour se servir de leur sang à guérir une sienne maladie, ou cet autre, à qui on fournissait des jeunes tendrons à couver la nuit ses vieux membres et mêler la douceur de leur haleine à la sienne aigre et pesante. Je me

1. Les habitants de l'Inde.

conseillerais volontiers Venise pour la retraite d'une telle condition et faiblesse de vie.

La décrépitude est qualité solitaire. Je suis sociable jusques à excès. Si me semble-t-il raisonnable que meshui je soustraie de la vue du monde mon importunité, et la couve à moi seul, que je m'appile et me recueille en ma coque, comme les tortues. J'apprends à voir les hommes sans m'y tenir : ce serait outrage, en un pas si pendant. Il est temps de tourner le dos à la compagnie.

« Mais en un si long voyage, vous serez arrêté misérablement en un cagnard, où tout vous manquera. » — La plupart des choses nécessaires, je les porte quant et moi. Et puis, nous ne saurions éviter la fortune si elle entreprend de nous courir sus. Il ne me faut rien d'extraordinaire quand je suis malade : ce que nature ne peut en moi, je ne veux pas qu'un bolus[1] le fasse. Tout au commencement de mes fièvres et des maladies qui m'atterrent, entier encore et voisin de la santé, je me réconcilie à Dieu par les derniers offices chrétiens, et m'en trouve plus libre et déchargé, me semblant en avoir d'autant meilleure raison de la maladie. De notaire et de conseil, il m'en faut moins que de médecins. Ce que je

1. Petite motte de terre, marquée d'un cachet, utilisée en pharmacie sous le nom de *bolus d'Arménie* ou *bolus oriental.*

n'aurai établi de mes affaires tout sain, qu'on ne s'attende point que je le fasse malade. Ce que je veux faire pour le service de la mort est toujours fait ; je n'oserais le délaier[a] d'un seul jour. Et s'il n'y a rien de fait, c'est-à-dire : ou que le doute m'en aura retardé le choix (car parfois c'est bien choisir de ne choisir pas), ou que tout à fait je n'aurai rien voulu faire.

J'écris mon livre à peu d'hommes et à peu d'années. Si c'eût été une matière de durée, il l'eût fallu commettre à un langage plus ferme. Selon la variation continuelle qui a suivi le nôtre jusques à cette heure, qui peut espérer que sa forme présente soit en usage, d'ici à cinquante ans ? Il écoule tous les jours de nos mains et depuis que je vis s'est altéré de moitié. Nous disons qu'il est à cette heure parfait. Autant en dit du sien chaque siècle. Je n'ai garde de l'en tenir là tant qu'il fuira et se difformera[b] comme il fait. C'est aux bons et utiles écrits de le clouer à eux, et ira son crédit selon la fortune de notre État.

Pourtant ne crains-je point d'y insérer plusieurs articles privés, qui consument leur usage entre les hommes qui vivent aujourd'hui, et qui touchent la plus particulière science d'aucuns, qui y verront plus avant que de la

a. Le retarder. — *b*. Changera de forme.

commune intelligence. Je ne veux pas après tout, comme je vois souvent agiter la mémoire des trépassés, qu'on aille débattant : « Il jugeait, il vivait ainsi ; il voulait ceci ; s'il eût parlé sur sa fin, il eût dit, il eût donné ; je le connaissais mieux que tout autre. » Or, autant que la bienséance me le permet, je fais ici sentir mes inclinations et affections ; mais plus librement et plus volontiers le fais-je de bouche à quiconque désire en être informé. Tant y a qu'en ces mémoires, si on y regarde, on trouvera que j'ai tout dit, ou tout désigné. Ce que je ne puis exprimer, je le montre au doigt :

Verum animo satis hœc vestigia parva sagaci
*Sunt, per quœ possis cognoscere cetera tute**.

Je ne laisse rien à désirer et deviner de moi. Si on doit s'en entretenir, je veux que ce soit véritablement et justement. Je reviendrais volontiers de l'autre monde pour démentir celui qui me formerait autre que je n'étais, fût-ce pour m'honorer. Des vivants même, je sens qu'on parle toujours autrement qu'ils ne sont. Et si à toute force je n'eusse maintenu un ami que j'ai perdu, on me l'eût déchiré en mille contraires visages.

* Lucrèce, *chant I* : « Mais à un esprit sagace comme le tien ces légères empreintes suffisent à te faire découvrir tout le reste. »

Pour achever de dire mes faibles humeurs, j'avoue qu'en voyageant je n'arrive guère en logis où il ne me passe par la fantaisie si j'y pourrai être et malade et mourant à mon aise. Je veux être logé en lieu qui me soit bien particulier, sans bruit, non sale, ou fumeux, ou étouffé. Je cherche à flatter la mort par ces frivoles circonstances, ou, pour mieux dire, à me décharger de tout autre empêchement, afin que je n'aie qu'à m'attendre à elle, qui me pèsera volontiers assez sans autre recharge. Je veux qu'elle ait sa part à l'aisance et commodité de ma vie. C'en est un grand lopin, et d'importance, et espère meshui[a] qu'il ne démentira pas le passé.

La mort a des formes plus aisées les unes que les autres, et prend diverses qualités selon la fantaisie de chacun. Entre les naturelles, celle qui vient d'affaiblissement et appesantissement me semble molle et douce. Entre les violentes, j'imagine plus malaisément un précipice qu'une ruine qui m'accable et un coup tranchant d'une épée qu'une arquebusade ; et eusse plutôt bu le breuvage de Socrate que de me frapper comme Caton. Et, quoique ce soit un, si sent mon imagination différence comme de la mort à la vie, à me jeter dans une fournaise ardente ou dans le canal d'une

a. Désormais.

plate rivière. Tant sottement notre crainte regarde plus au moyen qu'à l'effet. Ce n'est qu'un instant, mais il est de tel poids que je donnerais volontiers plusieurs jours de ma vie pour le passer à ma mode.

Puisque la fantaisie d'un chacun trouve du plus et du moins en son aigreur, puisque chacun a quelque choix entre les formes de mourir, essayons un peu plus avant d'en trouver quelqu'une déchargée de tout déplaisir. Pourrait-on pas la rendre encore voluptueuse, comme les commourants[1] d'Antoine et de Cléopâtre ? Je laisse à part les efforts que la philosophie et la religion produisent, âpres et exemplaires. Mais entre les hommes de peu, il s'en est trouvé, comme un Pétrone et un Tigillin à Rome, engagés à se donner la mort, qui l'ont comme endormie par la mollesse de leurs apprêts. Ils l'ont fait couler et glisser parmi la lâcheté de leurs passe-temps accoutumés, entre les garces et bons compagnons ; nul propos de consolation, nulle mention de testament, nulle affectation ambitieuse de constance, nul discours de leur condition future ; mais entre les jeux, les festins, facéties, entretiens communs et populaires, et la musique, et des vers amoureux. Ne saurions-nous

1. Association de gens qui avaient décidé de mourir ensemble après avoir passé leur vie dans les délices.

imiter cette résolution en plus honnête contenance ? Puisqu'il y a des morts bonnes aux fols, bonnes aux sages, trouvons-en qui soient bonnes à ceux d'entre deux. Mon imagination m'en présente quelque visage facile, et, puisqu'il faut mourir, désirable. Les tyrans romains pensaient donner la vie au criminel, à qui ils donnaient le choix de sa mort. Mais Théophraste, philosophe si délicat, si modeste, si sage, a-t-il pas été forcé par la raison d'oser dire ce vers latinisé par Cicéron :

*Vitam regit fortuna, non sapientia**.

Combien aide la fortune à la facilité du marché de ma vie, me l'ayant logée en tel point qu'elle me fait meshui ni besoin à nul, ni empêchement. C'est une condition que j'eusse acceptée en toutes les saisons de mon âge, mais en cette occasion de trousser mes bribes et de plier bagage, je prends plus particulièrement plaisir à ne faire guère ni de plaisir, ni de déplaisir à personne en mourant. Elle a, d'une artiste compensation, fait que ceux qui peuvent prétendre quelque matériel fruit de ma mort en reçoivent d'ailleurs conjointement une matérielle perte. La mort s'appesantit

* Cicéron, *Tusculanes*, livre V, chap. IX : « C'est la Fortune, non notre sagesse, qui gouverne notre vie. »

souvent en nous de ce qu'elle pèse aux autres, et nous intéresse de leur intérêt quasi autant que du nôtre, et plus et tout parfois.

En cette commodité de logis que je cherche, je n'y mêle pas la pompe et l'amplitude ; je la hais plutôt ; mais certaine propriété simple, qui se rencontre plus souvent aux lieux où il y a moins d'art, et que nature honore de quelque grâce toute sienne. « *Non ampliter sed munditer convivium**... *Plus salis quam sumptus***. »

Et puis, c'est à faire à ceux que les affaires entraînent en plein hiver par les Grisons, d'être surpris en chemin en cette extrémité. Moi, qui le plus souvent voyage pour mon plaisir, ne me guide pas si mal. S'il fait laid à droite, je prends à gauche ; si je me trouve mal propre à monter à cheval, je m'arrête. Et faisant ainsi, je ne vois à la vérité rien qui ne soit aussi plaisant et commode que ma maison. Il est vrai que je trouve la superfluité toujours superflue, et remarque de l'empêchement en la délicatesse même et en l'abondance. Ai-je laissé quelque chose à voir derrière moi ? J'y retourne ; c'est toujours mon chemin. Je ne trace aucune ligne certaine, ni droite ni

* Juste Lipse, *Saturnalium sermonum*, livre I, chap. VI : « Un repas non copieux, mais choisi. »

** Cornelius Nepos, *Vie d'Atticus*, chap. XIII : « Plus d'esprit que de luxe. »

courbe. Ne trouvé-je point où je vais ce qu'on m'avait dit ? (comme il advient souvent que les jugements d'autrui ne s'accordent pas aux miens, et les ai trouvés plus souvent faux) je ne plains pas ma peine : j'ai appris que ce qu'on disait n'y est point.

J'ai la complexion du corps libre et le goût commun autant qu'homme du monde. La diversité des façons d'une nation à autre ne me touche que par le plaisir de la variété. Chaque usage a sa raison. Soient des assiettes d'étain, de bois, de terre, bouilli ou rôti, beurre ou huile de noix ou d'olive, chaud ou froid, tout m'est un, et si un que, vieillissant, j'accuse cette généreuse faculté, et aurais besoin que la délicatesse et le choix arrêtât l'indiscrétion de mon appétit et parfois soulageât mon estomac. Quand j'ai été ailleurs qu'en France et que, pour me faire courtoisie, on m'a demandé si je voulais être servi à la française, je m'en suis moqué et me suis toujours jeté aux tables les plus épaisses d'étrangers.

J'ai honte de voir nos hommes enivrés de cette sotte humeur, de s'effaroucher des formes contraires aux leurs : il leur semble être hors de leur élément quand ils sont hors de leur village. Où qu'ils aillent, ils se tiennent à leurs façons et abominent les étrangères. Retrouvent-ils un compatriote en Hongrie, ils festoient cette aventure : les voilà à se rallier et à se recoudre ensemble, à condamner tant de mœurs barbares qu'ils voient. Pourquoi non barbares, puisqu'elles ne sont françaises ? Encore sont-ce les plus habiles qui les ont reconnues, pour en médire. La plupart ne prennent l'aller que pour le venir. Ils voyagent couverts et resserrés d'une prudence taciturne et incommunicable, se défendant de la contagion d'un air inconnu.

Ce que je dis de ceux-là me ramentait[a], en chose semblable, ce que j'ai parfois aperçu en aucuns de nos jeunes courtisans. Ils ne tiennent qu'aux hommes de leur sorte, nous regardent comme gens de l'autre monde, avec dédain ou pitié. Ôtez-leur les entretiens des mystères de la cour, ils sont hors de leur gibier, aussi neufs pour nous et malhabiles comme nous sommes à eux. On dit bien vrai qu'un honnête homme, c'est un homme mêlé.

Au rebours, je pérégrine[b] très saoul de nos façons, non pour chercher des Gascons en Sicile (j'en ai assez laissé au logis) ; je cherche des Grecs plutôt, et des Persans ; j'accointe[c] ceux-là, je les considère ; c'est là où je me prête et où je m'emploie. Et qui plus est, il me semble que je n'ai rencontré guère de manières qui ne vaillent les nôtres. Je couche

a. Rappelait. — *b.* Voyage à l'étranger. — *c.* J'aborde.

de peu[a], car à peine ai-je perdu mes girouettes de vue.

Au demeurant, la plupart des compagnies fortuites que vous rencontrez en chemin ont plus d'incommodité que de plaisir : je ne m'y attache point, moins asteure[b] que la vieillesse me particularise et séquestre aucunement des formes communes. Vous souffrez pour autrui, ou autrui pour vous ; l'un et l'autre inconvénient est pesant, mais le dernier me semble encore plus rude. C'est une rare fortune, mais de soulagement inestimable, d'avoir un honnête homme, d'entendement ferme et de mœurs conformes aux vôtres, qui aime à vous suivre. J'en ai eu faute extrême en tous mes voyages. Mais une telle compagnie, il la faut avoir choisie et acquise dès le logis. Nul plaisir n'a goût pour moi sans communication. Il ne me vient pas seulement une gaillarde pensée en l'âme qu'il ne me fâche de l'avoir produite seul, et n'ayant à qui l'offrir. « *Si cum hac exceptione detur sapientia ut illam inclusam teneam nec enuntiem, rejiciam*[*]. » L'autre l'avait monté d'un ton au-dessus. « *Si contigerit ea vita sapienti ut, omnium rerum affuentibus copiis, quamvis omnia quæ cognitione digna sunt summo*

a. Je m'avance peu. — *b.* Maintenant.

* Sénèque, *Lettre 6* : « Si l'on me donnait la sagesse, à condition de la tenir enfermée, sans en faire part à personne, je la refuserais. »

otio secum ipse consideret, et contempletur, tamen si solitudo tanta sit ut hominem videre non possit, excedat è vita[*]. » L'opinion d'Architas m'agrée, qu'il ferait déplaisant au ciel même et à se promener dans ces grands et divins corps célestes sans l'assistance d'un compagnon.

Mais il vaut encore mieux être seul qu'en compagnie ennuyeuse et inepte. Aristippe s'aimait à vivre étranger partout.

Me si fata meis paterentur ducere vitam
Auspiciis[**],

je choisirais à la passer le cul sur la selle :

visere gestiens,
Qua parte debacchentur ignes,
Qua nebulœ pluviique rores[***].

« Avez-vous pas des passe-temps plus avisés ? De quoi avez-vous faute[a] ? Votre maison

a. Manquez-vous.

* Cicéron, *De Officiis*, livre I, chap. XLIII : « Supposons que le sage ait une condition de vie telle que, regorgeant de toutes choses, libre de contempler et d'étudier tout à loisir tout ce qui est digne d'être connu ; s'il était condamné à une solitude telle qu'il ne puisse voir personne, il quitterait la vie. »

** Virgile, *Énéide*, chant IV : « Quant à moi, si le destin me permettait de passer ma vie à ma guise. »

*** Horace, *Ode 3* du livre III : « Heureux de visiter les contrées les plus diverses, soit celles où se déchaînent les feux du soleil, soit celles où règnent les nuages et les frimas. »

est-elle pas en bel air et sain, suffisamment fournie, et capable plus que suffisamment ? La majesté royale y a pu[1] plus d'une fois en sa pompe. Votre famille n'en laisse-t-elle pas en règlement plus au-dessous d'elle qu'elle n'en a au-dessus en éminence ? Y a-t-il quelque pensée locale qui vous ulcère, extraordinaire, indigestible ?

Quœ te nunc coquat et vexet sub pectore fixa[*] ?

Où cuidez-vous pouvoir être sans empêchement et sans détourbier[a] ? « *Nunquam simpliciter fortuna indulget*[**]. » Voyez donc qu'il n'y a que vous qui vous empêchez[b], et vous vous suivrez partout, et vous plaindrez partout. Car il n'y a satisfaction çà-bas que pour les âmes, ou brutales ou divines. Qui n'a du contentement à une si juste occasion, où pense-t-il le trouver ? À combien de milliers d'hommes arrête une telle condition que la vôtre le but de leurs souhaits ? Réformez-vous seulement, car en cela vous pouvez tout, là où vous n'avez droit que de patience envers la fortune. »

a. Trouble. — *b.* Embarrassez.

* Vers d'Ennius, cité par Cicéron, *De senectute*, chap. I : « Qui, plantée dans ton cœur, te consume et te ronge. »

** Quinte-Curce, *Vie d'Alexandre*, livre IV, chap. XIV : « Les faveurs de la fortune ne sont jamais sans mélange. »

1. Le sens précis est difficile à déterminer. On peut comprendre : « y a pu tenir » ou : « y a pu », c'est-à-dire « y a pris ses repas ».

« Nulla placida quies est, nisi quam ratio composuit »*

Je vois la raison de cet avertissement, et la vois très bien ; mais on aurait plutôt fait, et plus pertinemment, de me dire en un mot : « Soyez sage. » Cette résolution est outre la sagesse : c'est son ouvrage et sa production. Ainsi fait le médecin qui va criaillant après un pauvre malade languissant, qu'il se réjouisse ; il lui conseillerait un peu moins ineptement s'il lui disait : « Soyez sain. » Pour moi, je ne suis qu'un homme de la basse forme. C'est un précepte salutaire, certain et d'aisée intelligence : Contentez-vous du vôtre, c'est-à-dire de la raison. » L'exécution pourtant n'en est non plus aux plus sages qu'en moi. C'est une parole populaire, mais elle a une terrible étendue. Que ne comprend-elle ? Toutes choses tombent en discrétion et modification.

Je sais bien qu'à le prendre à la lettre, ce plaisir de voyager porte témoignage d'inquiétude et d'irrésolution. Aussi sont-ce nos maîtresses qualités, et prédominantes. Oui, je le confesse, je ne vois rien, seulement en songe et par souhait, où je me puisse tenir. La seule variété me paie, et la possession de la diver-

* Sénèque, *Lettre 56* : « Il n'y a de repos paisible que celui qu'a organisé la raison. »

sité, au moins si aucune chose me paie. À voyager, cela même me nourrit que je me puis arrêter sans intérêts, et que j'ai où m'en divertir commodément. J'aime la vie privée, parce que c'est par mon choix que je l'aime, non par disconvenance à la vie publique, qui est, à l'aventure, autant selon ma complexion. J'en sers plus gaiement mon prince parce que c'est par libre élection de mon jugement et de ma raison, sans obligation particulière, et que je n'y suis pas rejeté ni contraint pour être irrecevable à tout autre parti et mal voulu. Ainsi du reste. Je hais les morceaux que la nécessité me taille. Toute commodité me tiendrait à la gorge, de laquelle seule j'aurais à dépendre :

Alter remus aquas, alter mihi radat arenas[*].

Une seule corde ne m'arrête jamais assis. — « Il y a de la vanité, dites-vous, en cet amusement. » — Mais où non ? Et ces beaux préceptes sont vanité, et vanité toute la sagesse. *« Dominus novit cogitationes sapientium, quoniam vanæ sunt*[**]. » Ces exquises subtilités ne sont propres qu'au prêche : ce sont discours qui

* Properce, *Élégie 3* du livre III : « Qu'une de mes rames batte les flots, et l'autre le sable du rivage. »

** Citation de la Bible, *Psaume XCIII*, et de saint Paul, *Épître aux Corinthiens* : « Le Seigneur connaît que les pensées des sages ne sont que vanité. »

nous veulent envoyer tous bâtés en l'autre monde. La vie est un mouvement matériel et corporel, action imparfaite de sa propre essence, et déréglée ; je m'emploie à la servir selon elle.

*Quisque suos patimur manes**.

« *Sic est faciendum ut contra naturam universam nihil contendamus ; ea tamen conservata, propriam sequamur***. » À quoi faire ces pointes élevées de la philosophie sur lesquelles aucun être humain ne se peut rasseoir, et ces règles qui excèdent notre usage et notre force ? Je vois souvent qu'on nous propose des images de vie, lesquelles ni le proposant, ni les auditeurs n'ont aucune espérance de suivre ni, qui plus est, envie. De ce même papier où il vient d'écrire l'arrêt de condamnation contre un adultère, le juge en dérobe un lopin pour en faire un poulet à la femme de son compagnon. Celle à qui vous viendrez de vous frotter illicitement criera plus âprement tantôt, en votre présence même, à l'encontre d'une pareille faute de sa compagne que ne ferait

* Virgile, *Énéide*, chant VI : « Chacun de nous subit sa peine. »

** Cicéron, *De Officiis*, livre I, chap. XXXI : « Nous devons agir de manière à ne pas lutter contre les lois universelles de la Nature, mais ces lois sauvegardées, suivons notre tempérament personnel. »

Porcie. Et tel condamne des hommes à mourir pour des crimes qu'il n'estime point fautes. J'ai vu en ma jeunesse un galant homme présenter d'une main au peuple des vers excellents et en beauté et en débordement, et de l'autre main en même instant la plus querelleuse réformation théologienne de quoi le monde se soit déjeuné il y a longtemps.

Les hommes vont ainsi. On laisse les lois et préceptes suivre leur voie ; nous en tenons une autre, non par dérèglement de mœurs seulement, mais par opinion souvent et par jugement contraire. Sentez lire un discours de philosophie ; l'invention, l'éloquence, la pertinence frappe incontinent votre esprit et vous émeut ; il n'y a rien qui chatouille ou poigne votre conscience ; ce n'est pas à elle qu'on parle, est-il pas vrai ? Si disait Ariston que ni une étuve, ni une leçon n'est d'aucun fruit si elle nettoie et ne décrasse. On peut s'arrêter à l'écorce, mais c'est après qu'on en a retiré la moelle ; comme, après avoir avalé le bon vin d'une belle coupe, nous en considérons les gravures et l'ouvrage.

En toutes les chambrées de la philosophie ancienne ceci se trouvera, qu'un même ouvrier y publie des règles de tempérance et publie ensemble des écrits d'amour et débauche. Et Xénophon, au giron de Clinias, écrivit contre la volupté Aristippique. Ce n'est pas qu'il y ait une conversion miraculeuse qui les agite à ondées. Mais c'est que Solon se représente tantôt soi-même, tantôt en forme de législateur : tantôt il parle pour la presse[a], tantôt pour soi ; et prend pour soi les règles libres et naturelles, s'assurant d'une santé ferme et entière.

Curentur dubii medicis majoribus aegri[*].

Antisthène permet au sage d'aimer et faire à sa mode ce qu'il trouve être opportun, sans s'attendre[b] aux lois ; d'autant qu'il a meilleur avis qu'elles, et plus de connaissance de la vertu. Son disciple Diogène disait opposer aux perturbations la raison, à fortune la confidence, aux lois nature.

Pour les estomacs tendres, il faut des ordonnances contraintes et artificielles. Les bons estomacs suivent simplement les prescriptions de leur naturel appétit. Ainsi font nos médecins, qui mangent le melon et boivent le vin frais, cependant qu'ils tiennent leur patient obligé au sirop et à la panade.

Je ne sais quels livres, disait la courtisane Lays, quelle sapience, quelle philosophie, mais ces gens-là battent aussi souvent à ma porte

a. Foule. — *b.* Prêter attention.

* Juvénal, *Satire XIII* : « Que les malades en danger fassent appel aux plus grands médecins. »

que aucuns autres. D'autant que notre licence nous porte toujours au-delà de ce qui nous est loisible et permis, on a étréci souvent outre la raison universelle les préceptes et lois de notre vie.

Nemo satis credit tantum delinquere quantum
*Permittas**.

Il serait à désirer qu'il y eut plus de proportion du commandement à l'obéissance ; et semble la visée injuste, à laquelle on ne peut atteindre. Il n'est si homme de bien, qu'il mette à l'examen des lois toutes ses actions et pensées, qui ne soit pendable dix fois en sa vie, voire tel qu'il serait très grand dommage et très injuste de punir et de perdre.

Olle, quid ad te
*De cute quid faciat ille, vel illa sua*** ?

Et tel pourrait n'offenser point les lois, qui n'en mériterait point la louange d'homme de vertu, et que la philosophie ferait très justement fouetter. Tant cette relation est trouble et inégale. Nous n'avons garde d'être gens de

* Juvénal, *Satire XIV* : « Personne ne croit avoir commis de faute en restant dans les limites de la permission. »

** Martial, *Épigramme 9* du livre VII : « Ollus, que t'importe comment tel ou telle dispose de son corps ? »

bien selon Dieu ; nous ne le saurions être selon nous. L'humaine sagesse n'arriva jamais aux devoirs qu'elle s'était elle-même prescrits et, si elle y était arrivée, elle s'en prescrirait d'autres au-delà, où elle aspirât toujours et prétendît, tant notre état est ennemi de consistance. L'homme s'ordonne à soi-même d'être nécessairement en faute. Il n'est guère fin de tailler son obligation, à la raison d'un autre être que le sien. À qui prescrit-il ce qu'il s'attend que personne ne fasse ? Lui est-il injuste de ne faire point ce qu'il lui est impossible de faire ? Les lois qui nous condamnent à ne pouvoir pas nous accuser elles-mêmes de ne pouvoir pas.

Au pis aller, cette difforme liberté de se présenter à deux endroits, et les actions d'une façon, les discours de l'autre, soit loisible à ceux qui disent les choses ; mais elle ne le peut être à ceux qui disent eux-mêmes, comme je fais ; il faut que j'aille de la plume, comme des pieds. La vie commune doit avoir conférence aux autres vies. La vertu de Caton était vigoureuse outre la mesure de son siècle ; et à un homme qui se mêlait de gouverner les autres, destiné au service commun, il se pourrait dire que c'était une justice, sinon injuste, au moins vaine et hors de saison. Mes mœurs mêmes, qui ne disconviennent de celles qui courent à peine de la largeur d'un pouce, me rendent pourtant aucunement farouche à mon âge, et inassociable. Je ne sais pas si je me trouve dégoûté sans raison du monde que je hante, mais je sais bien que ce serait sans raison si je me plaignais qu'il fut dégoûté de moi plus que je le suis de lui.

La vertu assignée aux affaires du monde est une vertu à plusieurs plis, encoignures et coudes, pour s'appliquer et joindre à l'humaine faiblesse, mêlée et artificielle, non droite, nette, constante, ni purement innocente. Les annales reprochent jusques à cette heure à quelqu'un de nos rois de s'être trop simplement laissé aller aux consciencieuses persuasions de son confesseur. Les affaires d'État ont des préceptes plus hardis :

exeat aula
Qui vult esse pius[*].

J'ai autrefois essayé d'employer au service des maniements publiques les opinions et règles de vivre ainsi rudes, neuves, impolies ou impollues[a], comme je les ai nées chez moi ou rapportées de mon institution, et desquelles je me sers sinon commodément au moins sûrement en particulier, une vertu scolastique

a. Intègres.
* Lucain, *Pharsale*, chant VIII : « Qu'il quitte la cour celui qui veut rester scrupuleux. »

et novice. Je les y ai trouvées ineptes et dangereuses. Celui qui va en la presse[a], il faut qu'il gauchisse, qu'il serre ses coudes, qu'il recule ou qu'il avance, voire qu'il quitte le droit chemin, selon ce qu'il rencontre ; qu'il vive non tant selon soi que selon autrui, non selon ce qu'il se propose, mais selon ce qu'on lui propose, selon le temps, selon les hommes, selon les affaires.

Platon dit que qui échappe braies nettes du maniement du monde, c'est par miracle qu'il en échappe. Et dit aussi que, quand il ordonne son philosophe chef d'une police, il n'entend pas le dire d'une police corrompue comme celle d'Athènes, et encore bien moins comme la nôtre, envers lesquelles la sagesse même perdrait son latin. Comme une herbe transplantée en solage fort divers à la condition se conforme bien plutôt à icelui qu'elle ne le réforme à soi.

Je sens que, si j'avais à me dresser tout à fait à telles occupations, il m'y faudrait beaucoup de changement et de rhabillage. Quand je pourrais cela sur moi (et pourquoi ne le pourrais-je, avec le temps et le soin ?), je ne le voudrais pas. De ce peu que je me suis essayé en cette vacation, je m'en suis d'autant dégoûté. Je me sens fumer en l'âme parfois

a. Foule.

aucunes tentations vers l'ambition ; mais je me bande et obstine au contraire :

*At tu, Catulled, obstinatus obdura**.

On ne m'y appelle guère, et je m'y convie aussi peu. La liberté et l'oisiveté, qui sont mes maîtresses qualités, sont qualités diamétralement contraires à ce métier-là.

Nous ne savons pas distinguer les facultés des hommes ; elles ont des divisions et bornes malaisées à choisir et délicates. De conclure par la suffisance d'une vie particulière quelque suffisance à l'usage public, c'est mal conclu ; tel se conduit bien qui ne conduit pas bien les autres et fait des *Essais* qui ne saurait faire des effets ; tel dresse bien un siège qui dresserait mal une bataille, et discourt bien en privé qui haranguerait mal un peuple ou un prince. Voire à l'aventure est-ce plutôt témoignage à celui qui peut l'un de ne pouvoir point l'autre, qu'autrement. Je trouve que les esprits hauts ne sont de guère moins aptes aux choses basses que les bas esprits aux hautes. Était-il à croire que Socrate eût apprêté aux Athéniens matière de rire à ses dépens, pour n'avoir

* Villey pense que cette citation de Catulle a été prise par Montaigne dans les *Adversaria*, livre XX, chap. XXI de Turnèbe. Les autres textes donnent : *« At tu, Catulle, destinatus obdura. »* Le sens choisi par Montaigne est : « Mais toi, Catulle, persévère dans ton obstination. »

onques su computer[a] les suffrages de sa tribu et en faire rapport au conseil ? Certes, la vénération en quoi j'ai les perfections de ce personnage mérite que sa fortune fournisse à l'excuse de mes principales imperfections un si magnifique exemple.

Notre suffisance est détaillée à menues pièces. La mienne n'a point de latitude, et si est chétive en nombre. Saturninus, à ceux qui lui avaient déféré tout commandement : « Compagnons, fit-il, vous avez perdu un bon capitaine pour en faire un mauvais général d'armée. » Qui se vante, en un temps malade comme celui-ci, d'employer au service du monde une vertu naïve et sincère, ou il ne la connaît pas, les opinions se corrompant avec les mœurs (de vrai, oyez la leur peindre, oyez la plupart se glorifier de leurs déportements et former leurs règles : au lieu de peindre la vertu, ils peignent l'injustice toute pure et le vice, et la présentent ainsi fausse à l'institution des princes), ou, s'il la connaît, il se vante à tort et, quoi qu'il dise, fait mille choses de quoi sa conscience l'accuse. Je croirais volontiers Sénèque de l'expérience qu'il en fit en pareille occasion, pourvu qu'il m'en voulût parler à cœur ouvert. La plus honorable marque de bonté en une telle nécessité, c'est reconnaître librement sa faute et celle d'autrui,

a. Compter.

appuyer et retarder de sa puissance l'inclination vers le mal, suivre envis cette pente, mieux espérer et mieux désirer.

J'aperçois, en ces démembrements de la France et divisions où nous sommes tombés, chacun se travailler à défendre sa cause, mais, jusques aux meilleurs, avec déguisement et mensonge. Qui en écrirait rondement, en écrirait témérairement et vicieusement. Le plus juste parti, si est-ce encore le membre d'un corps vermoulu et véreux. Mais d'un tel corps le membre moins malade s'appelle sain ; et à bon droit, d'autant que nos qualités n'ont titre qu'en la comparaison. L'innocence civile se mesure selon les lieux et saisons. J'aimerais bien à voir en Xénophon une telle louange d'Agésilas : étant prié par un prince voisin, avec lequel il avait autrefois été en guerre, de le laisser passer en ces terres, il l'octroya, lui donnant passage à travers le Péloponnèse ; et non seulement ne l'emprisonna ou empoisonna, le tenant à sa merci, mais l'accueillit courtoisement, sans lui faire offense. À ces humeurs-là, ce ne serait rien dire ; ailleurs et en autre temps, il se fera compte de la franchise et magnanimité d'une telle action. Ces babouins capettes[1] s'en fussent moqués, si peu retire l'innocence spartaine à la française.

1. On désignait ainsi les élèves du collège de Montaigu à cause de leur cape.

Nous ne laissons pas d'avoir des hommes vertueux, mais c'est selon nous. Qui a ses mœurs établies en règlement au-dessus de son siècle, ou qu'il torde et émousse ses règles, ou, ce que je lui conseille plutôt, qu'il se retire à quartier et ne se mêle point de nous. Qu'y gagnerait-il ?

Egregium sanctúmque virum si cerno, bimembri
Hoc monstrum puero, et miranti jam sub aratro,
*Piscibus inventis, et fœtœ comparo mulœ**.

On peut regretter les meilleurs temps, mais non pas fuir aux présents ; on peut désirer autres magistrats, mais il faut, ce nonobstant, obéir à ceux-ci. Et à l'aventure y a-t-il plus de recommandation d'obéir aux mauvais qu'aux bons. Autant que l'image des lois reçues et anciennes de cette monarchie reluira en quelque coin, m'y voilà planté. Si elles viennent par malheur à se contredire et empêcher entre elles, et produire deux parts de choix douteux et difficile, mon élection sera volontiers d'échapper et me dérober à cette tempête ; nature m'y pourra prêter cependant la main, ou les hasards de la guerre. Entre César et Pompée je me fusse franchement déclaré. Mais

* Juvénal, *Satire XIII* : « Si je vois un homme éminent et scrupuleux, c'est pour moi un prodige comme un enfant à deux corps, des poissons trouvés sous la charrue surprise, ou une mule féconde. »

entre ces trois voleurs qui vinrent depuis, ou il eût fallu se cacher, ou suivre le vent ; ce que j'estime loisible quand la raison ne guide plus.

Quo diversus abis ?*

Cette farcissure est un peu hors de mon thème. Je m'égare, mais plutôt par licence que par mégarde. Mes fantaisies se suivent, mais parfois c'est de loin, et se regardent, mais d'une vue oblique.

J'ai passé les yeux sur tel dialogue de Platon mi-parti d'une fantastique bigarrure, le devant à l'amour, tout le bas à la rhétorique. Ils ne craignent point ces muances[a], et ont une merveilleuse grâce à se laisser ainsi rouler au vent, ou à le sembler. Les noms de mes chapitres n'en embrassent pas toujours la matière ; souvent ils la dénotent seulement par quelque marque, comme ces autres titres : l'*Andrie*, l'*Eunuque*, ou ces autres noms : *Sylla, Cicéron, Torquatus*. J'aime l'allure poétique, à sauts et à gambades. C'est un art, comme dit Platon, léger, volage, démoniacle[b]. Il est des ouvrages en Plutarque où il oublie son thème, où le propos de son argument ne se trouve que par incident, tout étouffé en matière étrangère : voyez ses allures au *Démon de Socrate*. Ô Dieu,

a. Variations. — *b.* Divine.

* Virgile, *Énéide*, chant V : « Où vas-tu t'égarer ? »

que ces gaillardes escapades, que cette variation a de beauté, et plus lors que plus elle retire au nonchalant et fortuite ! C'est l'indiligent lecteur qui perd mon sujet, non pas moi ; il s'en trouvera toujours en un coin quelque mot qui ne laisse pas d'être bastant[a], quoiqu'il soit serré. Je vais au change[1] indiscrètement et tumultuairement. Mon style et mon esprit vont vagabondant de même. Il faut avoir un peu de folie, qui ne veut avoir plus de sottise, disent et les préceptes de nos maîtres et encore plus leurs exemples.

Mille poètes traînent et languissent à la prosaïque ! mais la meilleure prose ancienne (et je la sème céans indifféremment pour vers) reluit partout de la vigueur et hardiesse poétique, et représente l'air de sa fureur. Il lui faut certes quitter la maîtrise et prééminence en la parlerie. Le poète, dit Platon, assis sur le trépied des Muses, verse de furie tout ce qui lui vient en la bouche, comme la gargouille d'une fontaine, sans le ruminer et peser, et lui échappe des choses de diverse couleur, de contraire substance et d'un cours rompu. Lui-même est tout poétique, et la vieille théologie poésie, disent les savants, et la première philosophie.

C'est l'originel langage des Dieux.

J'entends que la matière se distingue soi-

a. Suffisant.

1. Terme de chasse : *je change de gibier.*

même. Elle montre assez où elle se change, où elle conclut, où elle commence, où elle se reprend, sans l'entrelacer de paroles de liaison et de couture introduites pour le service des oreilles faibles ou nonchalantes, et sans me gloser moi-même. Qui est celui qui n'aime mieux n'être pas lu que de l'être en dormant ou en fuyant ?

« *Nihil est tam utile, quod in transitu prosit*[*]. » Si prendre des livres était les apprendre, et si les voir était les regarder, et les parcourir les saisir, j'aurais tort de me faire du tout si ignorant que je dis.

Puisque je ne puis arrêter l'attention du lecteur par le poids, « *manco male*[**] » s'il advient que je l'arrête par mon embrouillure. — « Voire, mais il se repentira par après de s'y être amusé. » — C'est mon[a], mais il s'y sera toujours amusé. Et puis il est des humeurs comme cela, à qui l'intelligence porte dédain, qui m'en estimeront mieux de ce qu'ils ne sauront ce que je dis : ils concluront la profondeur de mon sens par l'obscurité, laquelle, à parler en bon escient, je hais bien fort, et l'éviterais si je me savais éviter. Aristote se

a. C'est mon affaire.

* Sénèque, *Lettre 2* : « Rien n'est utile au point de l'être en passant. »

** Italianisme : « Pas si mal ! C'est toujours autant de gagné. »

vante en quelque lieu de l'affecter : vicieuse affectation.

Par ce que la coupure si fréquente des chapitres, de quoi j'usais au commencement, m'a semblé rompre l'attention avant qu'elle soit née, et la dissoudre, dédaignant s'y coucher pour si peu et se recueillir, je me suis mis à les faire plus longs, qui requièrent de la proposition et du loisir assigné. En telle occupation, à qui on ne veut donner une seule heure, on ne veut rien donner. Et ne fait-on rien pour celui pour qui on ne fait qu'autre chose faisant. Joint qu'à l'aventure ai-je quelque obligation particulière à ne dire qu'à demi, à dire confusément, à dire discordamment.

J'avais à dire que je veux mal à cette raison trouble-fête, et que ces projets extravagants qui travaillent la vie, et ces opinions si fines, si elles ont de la vérité, je la trouve trop chère et incommode. Au rebours, je m'emploie à faire valoir la vanité même et l'ânerie si elle m'apporte du plaisir, et me laisse aller après mes inclinations naturelles sans les contrôler de si près.

J'ai vu ailleurs des maisons ruinées, et des statues, et du ciel et de la terre : ce sont toujours des hommes. Tout cela est vrai ; et si pourtant ne saurais revoir si souvent le tombeau de cette ville, si grande et si puissante que je ne l'admire et révère. Le soin des morts nous est en recommandation. Or j'ai été nourri dès mon enfance avec ceux-ci. J'ai eu connaissance des affaires de Rome, longtemps avant que je l'aie eue de celles de ma maison : je savais le Capitole et son plant[a] avant que je susse le Louvre, et le Tibre avant la Seine. J'ai eu plus en tête les conditions et fortunes de Lucullus, Metellus et Scipion, que je n'ai d'aucuns hommes des nôtres. Ils sont trépassés. Si est bien mon père, aussi entièrement qu'eux, et s'est éloigné de moi et de la vie autant en dix-huit ans que ceux-là ont fait en seize cents ; duquel pourtant je ne laisse pas d'embrasser et pratiquer la mémoire, l'amitié et société, d'une parfaite union et très vive.

Voire, de mon humeur, je me rends plus officieux envers les trépassés ; ils ne s'aident plus ; ils en requièrent, ce me semble, d'autant plus mon aide. La gratitude est là justement en son lustre. Le bienfait est moins richement assigné où il y a rétrogradation et réflexion. Arcesilas, visitant Ctesibius malade et le trouvant en pauvre état, lui fourra tout bellement sous le chevet du lit de l'argent qu'il lui donnait ; et, en le lui celant, lui donnait en outre quittance de lui en savoir gré. Ceux qui ont mérité de moi de l'amitié et de la reconnaissance ne les ont jamais perdues pour n'y être plus : je les ai mieux payés et plus soigneu-

a. Site.

sement, absents et ignorants. Je parle plus affectueusement de mes amis quand il n'y a plus moyen qu'ils le sachent.

Or j'ai attaqué cent querelles pour la défense de Pompée et pour la cause de Brutus. Cette accointance dure encore entre nous ; les choses présentes mêmes, nous ne les tenons que par la fantaisie. Me trouvant inutile à ce siècle, je me rejette à cet autre, et en suis si embabouiné[a] que l'état de cette vieille Rome, libre, juste et florissante (car je n'en aime ni la naissance, ni la vieillesse) m'intéresse et me passionne. Par quoi je ne saurais revoir si souvent l'assiette de leurs rues et de leurs maisons, et ces ruines profondes jusques aux Antipodes, que je ne m'y amuse. Est-ce par nature ou par erreur de fantaisie que la vue des places, que nous savons avoir été hantées et habitées par personnes desquelles la mémoire est en recommandation, nous émeut aucunement plus qu'ouïr le récit de leurs faits ou lire leurs écrits ?

« *Tanta vis admonitionis inest in locis. Et id quidem in hac urbe infinitum : quacumque enim ingredimur in aliquam historiam vestigium ponimus*[*]. » Il me plaît de considérer leur visage,

a. Entiché.

* Cicéron, *De Finibus*, livre V chap. I et II : « Si grande est la puissance d'évocation des lieux !... Et cette ville la possède à un degré infini : à chaque pas, nous marchons sur quelque souvenir historique. »

leur port et leurs vêtements : je remâche ces grands noms entre les dents et les fais retentir à mes oreilles. « *Ego illos veneror et tantis nominibus semper assurgo**. » Des choses qui sont en quelque partie grandes et admirables, j'en admire les parties mêmes communes. Je les visse volontiers diviser, promener, et souper ! Ce serait ingratitude de mépriser les reliques et images de tant d'honnêtes hommes et si valeureux, que j'ai vu vivre et mourir, et qui nous donnent tant de bonnes instructions par leur exemple, si nous les savions suivre.

Et puis cette même Rome que nous voyons mérite qu'on l'aime, confédérée de si longtemps et par tant de titres à notre couronne : seule ville commune et universelle. Le magistrat souverain qui y commande est reconnu pareillement ailleurs : c'est la ville métropolitaine de toutes les nations chrétiennes ; l'Espagnol et le Français, chacun y est chez soi. Pour être des princes de cet État, il ne faut qu'être de Chrétienté, où qu'elle soit. Il n'est lieu çà-bas que le ciel ait embrassé avec telle influence de faveur et telle constance. Sa ruine même est glorieuse et enflée,

*Laudandis preciosior ruinis***.

* Sénèque, *Lettre 64* : « Je vénère ces héros, et toujours je me lève devant de si grands noms. »

** Sidoine Apollinaire, *Poemata*, pièce XXIII : « Plus précieuse par ses ruines superbes. »

Encore retient-elle au tombeau des marques et image d'empire. *Ut palam sit uno in loco gaudentis opus esse naturœ**. Quelqu'un se blâmerait et se mutinerait en soi-même, de se sentir chatouiller d'un si vain plaisir. Nos humeurs ne sont pas trop vaines, qui sont plaisantes ; quelles qu'elles soient qui contentent constamment un homme capable de sens commun, je ne saurais avoir le cœur de le plaindre.

Je dois beaucoup à la fortune de quoi jusques à cette heure elle n'a rien fait contre moi outrageux, au moins au-delà de ma portée. Serait-ce pas sa façon de laisser en paix ceux de qui elle n'est point importunée ?

Quanto quisque sibi plura negaverit,
A Diis plura feret. Nil cupientium
Nudus castra peto...
... Multa petentibus
*Desunt multa***.

Si elle continue, elle m'en envoiera très content et satisfait.

* Pline l'Ancien, *Histoire naturelle*, livre III, chap. V : « Si bien qu'il est manifeste que la nature s'est complu dans son œuvre en ce lieu unique. »

** Horace, *Ode 16* du livre III : « Plus nous nous privons, plus les dieux nous apportent. Démuni de tout, je rejoins cependant le camp de ceux qui ne désirent rien... À qui demande beaucoup, il manque beaucoup. »

nihil supra
*Deos lacesso**.

Mais gare le heurt ! Il en est mille qui rompent au port.

Je me console aisément de ce qui adviendra ici quand je n'y serai plus ; les choses présentes m'embesognent assez,

*Fortunœ cœtera mando***.

Aussi n'ai-je point cette forte liaison qu'on dit attacher les hommes à l'avenir par les enfants qui portent leur nom et leur honneur, et en dois désirer à l'aventure d'autant moins, s'ils sont si désirables. Je ne tiens que trop au monde et à cette vie par moi-même. Je me contente d'être en prise de la fortune par les circonstances proprement nécessaires à mon être, sans lui allonger par ailleurs sa juridiction sur moi ; et n'ai jamais estimé qu'être sans enfants fût un défaut qui dût rendre la vie moins complète et moins contente. La vacation[a] stérile a bien aussi ses commodités. Les enfants sont du nombre des choses qui n'ont

a. Condition.

* *Id., Ode 18* du livre II : « Je ne réclame rien de plus aux dieux. »

** Ovide, *Métamorphoses*, livre XI : « Je confie le reste à la Fortune. »

pas fort de quoi être désirées, notamment à cette heure qu'il serait si difficile de les rendre bons. « *Bona jam nec nasci licet, ita corrupta sunt semina** », et si, ont justement de quoi être regrettées à qui les perd après les avoir acquises.

Celui qui me laissa ma maison en charge pronostiquait que je la dusse ruiner, regardant à mon humeur si peu casanière. Il se trompa ; me voici comme j'y entrai, sinon un peu mieux ; sans office pourtant et sans bénéfice.

Au demeurant, si la fortune ne m'a fait aucune offense violente et extraordinaire, aussi n'a-t-elle pas de grâce. Tout ce qu'il y a de ses dons chez vous, il y est plus de cent ans avant moi. Je n'ai particulièrement aucun bien essentiel et solide que je doive à sa libéralité. Elle m'a fait quelques faveurs venteuses, honoraires et titulaires, sans substance ; et me les a aussi à la vérité, non pas accordées, mais offertes, Dieu sait ! à moi qui suis tout matériel, qui ne me paie que de la réalité, encore bien massive, et qui, si je l'osais confesser, ne trouverais l'avarice guère moins excusable que l'ambition, ni la douleur moins évitable que la honte, ni la santé moins désirable que la doctrine, ou la richesse que la noblesse.

* Tertullien, *Apologétique* : « Il ne peut rien naître de bon maintenant, tant les germes sont corrompus. »

Parmi ses faveurs vaines, je n'en ai point qui plaise tant à cette niaise humeur qui s'en paît chez moi, qu'une bulle authentique de bourgeoisie romaine, qui me fut octroyée dernièrement que j'y étais, pompeuse en sceaux et lettres dorées, et octroyée avec toute gracieuse libéralité. Et, par ce qu'elles se donnent en divers style plus ou moins favorable, et qu'avant que j'en eusse vu, j'eusse été bien aise qu'on m'en eût montré un formulaire, je veux, pour satisfaire à quelqu'un, s'il s'en trouve malade de pareille curiosité à la mienne, la transcrire ici en sa forme :

QUOD HORATIUS MAXIMUS, MARTIUS CECIUS, ALEXANDER MUTUS, ALMÆ URBIS CONSERVATORES DE ILLUSTRISSIMO VIRO MICHAELE MONTANO, EQUITE SANCTI MICHAELIS ET A CUBICULO REGIS CHRISTIANISSIMI, ROMANA CIVITATE DONANDO, AD SENATIUM RETULERUNT, S.P.Q.R. DE EA RE ITA FIERI CENSUIT :

Cum veteri more et instituto cupide illi semper studioséque suscepti sint, qui, virtute ac nobilitate præstantes, magno Reip. nostræ usui atque ornamento fuissent vel esse aliquando possent, Nos, majorum nostrorum exemplo atque auctoritate permoti, præclaram hanc Consuetudinem nobis imitandam ac servandam fore censemus. Qua-

mobrem, cum Illustrissimus Michael Montanus, Eques sancti Michaelis et à Cubiculo Regis Christianissimi, Romani nominis studiosissimus, et familiœ laude atque splendore et propriis virtutum meritis dignissimus sit, qui summo Senatus Populique Romani judicio ac studio in Romanam Civitatem adsciscatur, placere Senatui P.Q.R. Illustrissimum Michaelem Montanum, rebus omnibus ornatissimum atque huic inclyto populo charissimum, ipsum posterosque in Romanam Civitatem adscribi ornarique omnibus et prœmiis et honoribus quibus illi fruuntur qui Cives Patritiique Romani nati aut jure optimo facti sunt. In quo censere Senatum P.Q.R. se non tam illi Jus Civitatis largiri quam debitum tribuere, neque magis beneficium dare quam ab ipso accipere qui, hoc Civitatis munere accipiendo, singulari Civitatem ipsam ornamento atque honore affecerit. Quam quidem S.C. auctoritatem iidem Conservatores per Senatus P.Q.R. scribas in acta referri atque in Capitolii curia servari, privilegiúmque hujusmodi fieri, solitóque urbis sigillo communiri curarunt. Anno ab urbe condita CXCCCCXXXI, post Christum natum M.D. LXXXI., III. Idus Martii.

Horatius Fuscus, sacri S.P.Q.R. scriba,
*Vincen. Martholus, sacri S.P.Q.R. scriba**.

* Traduction de la *« bulle de bourgeoisie »* : Sur le rapport fait au Sénat par Orazio Massimi, Marzo Cecio, Alessandro Muti,

N'étant bourgeois d'aucune ville, je suis bien aise de l'être de la plus noble qui fut et qui sera onques. Si les autres se regardaient attentivement, comme je fais, ils se trouveraient, comme je fais, pleins d'inanité et de fadaise. De m'en défaire, je ne puis sans me défaire moi-même. Nous en sommes tous confits, tant les uns que les autres ; mais ceux qui le sentent en ont un peu meilleur compte, encore ne sais-je.

Conservateurs de la ville de Rome, touchant le droit de cité romaine, à accorder à l'illustrissime Michel de Montaigne, chevalier de l'ordre de Saint-Michel et gentilhomme ordinaire du Roi Très Chrétien, le Sénat et le Peuple Romain a décrété :

Considérant que par un antique usage, ceux-là ont toujours été adoptés parmi nous avec ardeur et empressement qui, distingués en vertu et en noblesse, avaient servi et honoré grandement notre République ou pouvaient le faire un jour ; Nous, pleins de respect pour l'exemple et l'autorité de nos ancêtres, nous croyons devoir imiter et conserver cette belle coutume. À ces causes, l'illustrissime Michel de Montaigne, chevalier de l'ordre de Saint-Michel et gentilhomme ordinaire de la chambre du Roi Très Chrétien, fort zélé pour le nom Romain, étant, par le rang, par l'éclat de sa famille et par ses qualités personnelles, très digne d'être admis au droit de cité romaine par le suprême jugement et les suffrages du Sénat et du Peuple Romain, il a plu au Sénat et au Peuple Romain que l'illustrissime Michel de Montaigne, orné de tous les genres de mérite et très cher à ce noble peuple, fût inscrit comme citoyen Romain tant pour lui que pour sa postérité et appelé à jouir de tous les honneurs et avantages réservés à ceux qui sont nés citoyens et patriciens de Rome ou le sont devenus au meilleur titre. En quoi le Sénat et le Peuple Romain pense qu'il accorde moins un droit qu'il ne paie une dette et que c'est moins un service qu'il rend qu'un service

Cette opinion et usance commune de regarder ailleurs qu'à nous a bien pourvu à notre affaire. C'est un objet plein de mécontentement ; nous n'y voyons que misère et vanité. Pour ne nous déconforter, nature a rejeté bien à propos l'action de notre vue au-dehors. Nous allons en avant à vau-l'eau, mais de rebrousser vers nous notre course, c'est un mouvement pénible : la mer se brouille et s'empêche ainsi quand elle est repoussée à soi. « Regardez, dit chacun, les branles du ciel, regardez au public, à la querelle de celui-là, au pouls d'un tel, au testament de cet autre ; somme, regardez toujours haut ou bas, ou à côté, ou devant, ou derrière vous. » C'était un commandement paradoxe que nous faisait anciennement ce dieu à Delphes : « Regardez dans vous, reconnaissez-vous, tenez-vous à vous ; votre esprit et votre volonté, qui se consomme ailleurs, ramenez-la en soi ; vous vous écoulez, vous vous répandez ; appilez-

---

qu'il reçoit de celui qui, en acceptant ce droit de cité, honore et illustre la cité même.

Les Conservateurs ont fait transcrire ce sénatus-consulte par les secrétaires du Sénat et du Peuple Romain, pour être déposé dans les archives du Capitole et en ont fait dresser cet acte muni du sceau ordinaire de la ville. L'an de la fondation de Rome 2331 et de la naissance de Jésus-Christ 1581, le 13 de mars.

Orazio Fosco, Secrétaire du Sacré Sénat et du Peuple romain,

Vincente Martoli, Secrétaire du Sacré Sénat et du Peuple romain.

vous, soutenez-vous ; on vous trahit, on vous dissipe, on vous dérobe à vous. Vois-tu pas que ce monde tient toutes ses vues contraintes au-dedans et ses yeux ouverts à se contempler soi-même ? C'est toujours vanité pour toi, dedans et dehors, mais elle est moins vanité quand elle est moins étendue. Sauf toi, ô homme, disait ce dieu, chaque chose s'étudie la première et a, selon son besoin, des limites à ses travaux et désirs. Il n'en est une seule si vide et nécessiteuse que toi, qui embrasses l'univers ; tu es le scrutateur sans connaissance, le magistrat sans juridiction et, après tout, le badin de la farce. »

DÉCOUVREZ LES FOLIO À 2 €

G. APOLLINAIRE *Les Exploits d'un jeune don Juan* (Folio n° 3757)

Un roman d'initiation amoureuse et sexuelle, à la fois drôle et provocant, par l'un des plus grands poètes du XXe siècle.

ARAGON *Le collaborateur* et autres nouvelles (Folio n° 3618)

Mêlant rage et allégresse, gravité et anecdotes légères, Aragon riposte à l'Occupation et participe au combat avec sa plume. Trahison et courage, deux thèmes toujours d'actualité...

T. BENACQUISTA *La boîte noire* et autres nouvelles (Folio n° 3619)

Autant de personnages bien ordinaires, confrontés à des situations extraordinaires, et qui, de petites lâchetés en mensonges minables, se retrouvent fatalement dans une position aussi intenable que réjouissante...

K. BLIXEN *L'éternelle histoire* (Folio n° 3692)

Un vieux bonhomme aigri et très riche se souvient de l'histoire d'un marin qui reçoit cinq guinées en échange d'une nuit d'amour avec une jeune et belle dame. Mais parfois la réalité peut dépasser la fiction...

S. BRUSSOLO *Trajets et itinéraires de l'oubli* (Folio n° 3786)

Aux confins de la folie, une longue nouvelle vertigineuse par l'un des maîtres de la science-fiction française.

J. M. CAIN *Faux en écritures* (Folio n° 3787)

Un texte noir où passion rime avec manipulation par l'auteur du *Facteur sonne toujours deux fois.*

A. CAMUS *Jonas ou l'artiste au travail,* suivi de *La pierre qui pousse* (Folio n° 3788)

Deux magnifiques nouvelles à la fin mystérieuse et ambiguë par l'auteur de *L'Étranger.*

T. CAPOTE — *Cercueils sur mesure* (Folio n° 3621)

Dans la lignée de son chef-d'œuvre *De sang-froid*, l'enfant terrible de la littérature américaine fait preuve dans ce court roman d'une parfaite maîtrise du récit, d'un art d'écrire incomparable.

COLLECTIF — *« Leurs yeux se rencontrèrent... »* (Folio n° 3785)

Drôle, violente, passionnée, surprenante, la première rencontre donne naissance aux plus belles histoires d'amour de la littérature mondiale.

COLLECTIF — *« Ma chère Maman... »* (Folio n° 3701)

Ces lettres témoignent de ces histoires passionnées de quelques-uns des plus grands écrivains avec la femme qui leur a donné la vie.

J. CONRAD — *Jeunesse* (Folio n° 3743)

Un grand livre de mer et d'aventures.

J. CORTÁZAR — *L'homme à l'affût* (Folio n° 3693)

Un texte bouleversant en hommage à un des plus grands musiciens de jazz, Charlie Parker.

D. DAENINCKX — *Leurre de vérité* et autres nouvelles (Folio n° 3632)

Daeninckx zappe de chaîne en chaîne avec férocité et humour pour décrire les usages et les abus d'une télévision qui n'est que le reflet de notre société...

R. DAHL — *L'invité* (Folio n° 3694)

Un texte plein de fantaisie et d'humour noir par un maître de l'insolite.

M. DÉON — *Une affiche bleue et blanche* et autres nouvelles (Folio n° 3754)

Avec pudeur, tendresse et nostalgie, Michel Déon observe et raconte les hommes et les femmes, le désir et la passion qui les lient... ou les séparent.

W. FAULKNER — *Une rose pour Emily* et autres nouvelles (Folio n° 3758)

Un voyage hallucinant au bout de la folie et des passions les plus dangereuses par l'auteur du *Bruit et la fureur.*

F. S. FITZGERALD *La Sorcière rousse*, précédé de *La coupe de cristal taillé* (Folio n° 3622)

Deux nouvelles tendres et désenchantées dans l'Amérique des Années folles.

R. GARY *Une page d'histoire* et autres nouvelles (Folio n° 3753)

Quelques nouvelles poétiques, souvent cruelles et désabusées, d'un grand magicien du rêve.

J. GIONO *Arcadie... Arcadie...*, précédé de *La pierre* (Folio n° 3623)

Avec lyrisme et poésie, Giono offre une longue promenade à la rencontre de son pays et de ses hommes simples.

W. GOMBROWICZ *Le festin chez la comtesse Fritouille* et autres nouvelles (Folio n° 3789)

Avec un humour décapant, Gombrowicz nous fait pénétrer dans un monde où la fable grimaçante côtoie le grotesque et la réalité frôle sans cesse l'absurde.

H. GUIBERT *La chair fraîche* et autres textes (Folio n° 3755)

De son écriture précise comme un scalpel, Hervé Guibert nous offre de petits récits savoureux et des portraits hauts en couleur.

E. HEMINGWAY *L'étrange contrée* (Folio n° 3790)

Réflexion sur l'écriture et l'amour, ce court roman rassemble toutes les obsessions d'un des géants de la littérature américaine.

E. T. A. HOFFMANN *Le Vase d'or* (Folio n° 3791)

À la fois conte fantastique, quête initiatique et roman d'amour, *Le Vase d'or* mêle onirisme, romantisme et merveilleux.

H. JAMES *Daisy Miller* (Folio n° 3624)

Un admirable portrait d'une femme libre dans une société engoncée dans ses préjugés.

F. KAFKA *Lettre au père* (Folio n° 3625)

Réquisitoire jamais remis à son destinataire, tentative obstinée pour comprendre, la *Lettre au père* est au centre de l'œuvre de Kafka.

J. KEROUAC — *Le vagabond américain en voie de disparition*, précédé de *Grand voyage en Europe* (Folio n° 3694)

Deux textes autobiographiques de l'auteur de *Sur la route*, un des témoins mythiques de la *Beat Generation*.

J. KESSEL — *Makhno et sa juive* (Folio n° 3626)

Dans l'univers violent et tragique de la Russie bolchevique, la plume nerveuse et incisive de Kessel fait renaître un amour aussi improbable que merveilleux.

R. KIPLING — *La marque de la Bête* et autres nouvelles (Folio n° 3753)

Trois nouvelles qui mêlent amour, mort, guerre et exotisme par un conteur de grand talent.

LAO SHE — *Histoire de ma vie* (Folio n° 3627)

L'auteur de la grande fresque historique *Quatre générations sous un même toit* retrace dans cet émouvant récit le désarroi d'un homme vieillissant face au monde qui change.

LAO-TSEU — *Tao-tö King* (Folio n° 3696)

Le texte fondateur du taoïsme.

J. M. G. LE CLÉZIO — *Peuple du ciel*, suivi de *Les bergers* (Folio n° 3792)

Récits initiatiques, passages d'un monde à un autre, ces nouvelles poétiques semblent nées du rêve d'un écrivain.

P. MAGNAN — *L'arbre* (Folio n° 3697)

Une histoire pleine de surprises et de sortilèges où un arbre joue le rôle du destin.

I. McEWAN — *Psychopolis* et autres nouvelles (Folio n° 3628)

Il n'y a pas d'âge pour la passion, pour le désir et la frustration, pour le cauchemar ou pour le bonheur.

Y. MISHIMA — *Dojoji* et autres nouvelles (Folio n° 3629)

Quelques textes étonnants pour découvrir toute la diversité et l'originalité du grand écrivain japonais.

MONTAIGNE *De la vanité* (Folio n° 3793)

D'une grande liberté d'écriture, Montaigne nous offre quelques pages pleines de malice et de sagesse pour nous aider à conduire notre vie.

K. ÔÉ *Gibier d'élevage* (Folio n° 3752)

Un extraordinaire récit classique, une parabole qui dénonce la folie et la bêtise humaines.

L. PIRANDELLO *Première nuit* et autres nouvelles (Folio n° 3794)

Pour découvrir l'univers coloré et singulier d'un conteur de grand talent.

R. RENDELL *L'Arbousier* (Folio n° 3620)

Une fable cruelle mise au service d'un mystère lentement dévoilé jusqu'à la chute vertigineuse...

P. ROTH *L'habit ne fait pas le moine*, précédé de *Défenseur de la foi* (Folio n° 3630)

Deux nouvelles pétillantes d'intelligence et d'humour qui démontent les rapports ambigus de la société américaine et du monde juif.

D. A. F. DE SADE *Ernestine. Nouvelle suédoise* (Folio n° 3698)

Une nouvelle ambiguë où victimes et bourreaux sont liés par la fatalité.

L. SCIASCIA *Mort de l'Inquisiteur* (Folio n° 3631)

Avec humour et une érudition ironique, Sciascia se livre à une enquête minutieuse à travers les textes et les témoignages de l'époque.

P. SOLLERS *Liberté du XVIII*^{ème} (Folio n° 3756)

Pour découvrir le XVIIIème siècle en toute liberté.

M. TOURNIER *Lieux dits* (Folio n° 3699)

Autant de promenades, d'escapades, de voyages ou de récréations auxquels nous invite Michel Tournier avec une gourmandise, une poésie et un talent jamais démentis.

M. VARGAS LLOSA *Les chiots* (Folio n° 3760)

Mario Vargas Llosa, écrivain engagé, raconte l'histoire d'un naufrage dans un texte dur et réaliste.

P. VERLAINE *Chansons pour elle* et autres poèmes érotiques (Folio n° 3700)

Trois courts recueils de poèmes à l'érotisme tendre et ambigu.

Composition Nord Compo.
Impression Novoprint
à Barcelone, le 6 décembre 2002.
Dépôt légal : décembre 2002.

ISBN 2-07-042677-7/Imprimé en Espagne.

120446